救いの森

小林由香

角川春樹事務所

Contents

救いの森

Forest of Salvation

Yula Kobayashi

第一章　語らない少年

虚(うつ)ろな目をしたひとりの少年が、ベランダに立ち竦(すく)んでいた。

顔には殴られたような痣(あざ)があり、白いシャツには血が飛び散っている。

少年は、痛みを堪(こら)えているかのように唇を強く嚙(か)みしめ、両の拳(こぶし)を固く握りしめた。大きな瞳(ひとみ)には、薄(う)っすら涙が滲(にじ)んでいる。

高層階のベランダからは、夕日に染まった街が一望できる。茜(あかね)色に輝く街は、どこか郷愁を誘う光景だった。

事前に用意していたのか、少年の足元には脚立(きゃたつ)が置いてある。それを踏み台にし、ベランダの周囲を取り囲んでいる壁のふちにのぼった。

バランスを取りながら、ゆっくり立ち上がる。細い足は小刻みに震えていた。強風が髪を激しく乱し、シャツをはためかせている。小さな身体(からだ)はぐらぐら揺れ、均衡を崩して今にも落下してしまいそうだった。

泣き顔の少年は、おもむろに夕刻の空を振り仰(あお)ぐと、わずかに目を細め、ベランダから身を投げた。

薄暗い大講義室の正面には、大型のプロジェクタースクリーンが設置されている。スクリーンには、もう少年の姿はない。暮れかけの空と誰もいないベランダが映し出されているだけだった。

長谷川創一は落胆を隠しきれず、重苦しい溜め息をもらした。周囲にいる研修生たちも同じ気持ちなのか、浮かない顔をしている者が多い。

唐突に室内が明るくなると、厳つい顔の男性教官が教壇に立った。

細身の教官は、四十歳前後。喪服のような黒いスーツを着ている。いつも眉間に皺を刻んでいるせいか、彼の周囲には人を寄せつけないような威厳が漂っていた。

「我が国では、毎年三百人前後の子どもが自ら命を絶っている。助けを求めてくる子どもたちの気持ちをしっかり理解できなければ、映像のような最悪な結末を迎えることになる。人の命は簡単には救えないということを肝に銘じておくように」

教官は声を張り上げたあと、研修生たちを挑戦的な眼差しでぐるりと見渡してから続けた。「自殺した子どもたちは、どのような苦しみを抱えながらこの世を去ったのか、想像してみてほしい」

おそらく、研修生の緊張感を高めるために、任務に失敗する物語を流したのだろう。けれど、フィクションとはいえ、子どもが自殺するシーンは見るに忍びない。なぜ、もっと夢や希望を抱けるような内容にしないのだろう。これでは、研修期間に辞めていく者がいても当然だ。もしかしたら、厳しい職務だということを知らしめて、やる気のない者をふるい落とすのが目的なのだろうか。

研修が始まってから、長谷川は物事を悪く捉えるようになってしまった。

この大講義室にいるのは、厚生労働省の専門職員である、『児童救命士』の採用試験に合格した者たちだ。当初は誰もがやる気に満ちていたが、五ヵ月の過酷な研修で自尊心は粉々に砕け散った。教官から質問され、間違った解答をするたびに、「そんな短絡的な思考では子どもの命は守れない」と叱責され続けたからだ。今あるのは、恐れと不安の感情だけだった。

長谷川が暗い気持ちに沈んでいると、どこからか「我々は、児童を自殺に追い込むような愚かな児童救命士にはなりません」という声が聞こえてきた。

教官の怒りは買いたくないが、ぼやきたくなる気持ちはよくわかる。映像の前半に出てきた児童救命士は、恋人から呼び出されたら、担当している児童との約束をキャンセルし、プライベートを優先するような浅はかな人物だったのだ。

「発言したいことがあるなら手を挙げてからにしろ。小学校で教わらなかったか？」

教官は、研修生たちをねめつけながら言葉を継いだ。「自分だけは、優秀な児童救命士になれるという根拠のない自信は今直ぐ捨てろ。その慢心が不幸な結末を呼び寄せる。児童救命士という仕事を甘くみない方がいい。諸君には数字が求められる。子どもの自殺をどれだけ未然に防げたか、それは一年後数字になってあらわれる。虐待死の数もそうだ。前年よりも数値が悪ければ、すべて自分たちの責任だと思え。国の未来を担っているという覚悟と気概を持って任務に精励してほしい」

周囲から弱々しい「はい」という返事が響いた。

この国の自殺者全体の数は減少している。けれど、自ら命を絶つ子どもたちの数は減らない。犯罪件数も減少傾向にあるが、児童虐待の検挙件数は増加している。

子どもへの暴行は密室で行われることが多く、虐待かどうかの判断は難しい。そのため、これまでは市民からの通報を受けても専門職員が介入するのは容易ではなかった。結果、救わなくてはならない多くの命が失われてきた。

改善を求める世論が高まり、少子化が深刻化している現状も考慮され、三年前に『児童保護救済法案』が国会で可決され、成立した。

児童保護救済法の施行後、既存の児童相談所に加え、全国に『児童保護署』が開署された。児童保護署に配属されるのは、児童救命士である。

児童救命士は、深刻ないじめや虐待を受けている子どもたちの命を守るのが職務だった。彼らは、市民からの通報を受けてから動くのではなく、子ども自らがＳＯＳを発することで出動する。

それを可能にしたのが、『ライフバンド』だった。

1

朝から気が滅入るような事件が、ネットニュースに掲載されていた。

江戸川児童保護署の『救命部』には、一週間前に配属されたばかりの新人の児童救命士がふたりいる。長谷川と相田三弥だ。室内には、夜勤明けの先輩たちも控えている。全員、スーツ姿。左耳には、耳掛け型のワイヤレスイヤフォンを装着し、各々の手首には腕時計型の携帯端末のようなものをつけている。それは無線機だった。

救命部は、八つの机を寄せ合うように並べ、三つのシマができている。長谷川が所属しているのは、壁際の一班だ。

児童救命士は三交代制勤務。二十四時間勤務の『当番』である三班に代わり、今日は一班が当番になる。当番を終えた三班は『非番』になり、二班は『休み』だ。

非番は朝の八時半には上がれるのだが、調査報告書の作成などで帰れないことが多かった。その上、人手が足りないときは、緊急招集がかかり、非番の者も出動しなければならない。

長谷川はコンビニで買ったジャムパンをコーヒーで流し込みながら、ネットニュースに目を走らせた。

昨夜、五歳の男の子が継父から虐待され、脳挫傷で死亡した事件が掲載されている。男の子は髪を鷲づかみにされ、箪笥に幾度も頭を叩きつけられたようだ。助けを求めて母親に伸ばした小さな手は、継父に踏みつけられ、骨は砕けていたという。

生前、同じアパートに住む住民から虐待の通報を受けた児童相談所の職員は、男の子の身体に打撲の痕があるのを確認し、母親からも継父が虐待しているという証言を得たため、一時保護に踏み切った。けれど、数日後、継父から「今までの行動を反省します。もう一度やり直したい」と涙ながらに訴えられた。不安は完全には拭えなかったが、母親からも息子を返してほしいという依頼があり、在宅指導する方針へ変更し、自宅へ帰したという。

その夜、男の子は凄惨な暴行を受けて短い命を閉じた。

児童虐待の事件を見聞きするたび、もし自分が近所に住んでいたら、この地域の担当職員だったら、子どもたちを救えたかもしれないと、長谷川は悔しく思うことがあった。だから、児童救命士に志願したのだ。

多くの人々が気づいているのに救えない。そんな状況を改善するために、児童保護救済法が成立したはずなのに――。

「虐待された子が小学生になっていれば、ライフバンドで救えたかもしれない。就学前の子どもにもライフバンドの適用を認めた方がいいのに……」

長谷川が思わず本音を吐露すると、斜め前に座っている国木田勝也が鋭い視線をこちらに向けてきた。彼は先輩の児童救命士。趣味はウエイトトレーニング。眼光は鋭く、筋肉質で金剛力士像を連想させる容貌だ。

国木田は腕を組み、浮かない顔で声を尖らせた。

「ライフバンドは万能ではないし、俺たちは神じゃない。それに国は児童相談所の職員の数を大幅に増員し、重点的に未就学児の対応に取り組んでいる」

長谷川は納得できず、反駁した。

「児相にも通報があったのに虐待死を防げなかったんですよ」

「自分が関わっていたら防げたかもしれない、そう思うのは傲慢だ。詳しい事情もわからないのに、部外者が誰かを断罪すべきではない」

国木田は一歩も譲らず、厳しい口調で忠告した。

長谷川は納得できなかったが、これ以上先輩と口論になりたくないので、パソコンに目を戻した。

「お前、朝から怒られてるの？」

はっと顔を上げると、出署時間ぎりぎりに救命部に入ってきた新堂敦士が気味の悪い笑みを浮かべている。

「別に怒られているわけじゃないですよ。ちょっとした意見の相違です」

長谷川が弁解すると、新堂はもう興味がないという顔つきで隣席に座った。足を投げ出して、大きなあくびをしている。

いつもやる気のなさそうな新堂は、三十七歳。児童保護署の開署時からいる児童救命士だ。肌の色は白く、頼りないほど華奢な体形だった。まだ一週間しか一緒に働いていないが、新堂からは勤労意欲というものがまったく感じられない。

突然、相田が姿勢を正し、大声で「おはようございます」と頭を下げた。

長谷川も背筋を伸ばすと、救命部に入ってきた冴島里加子に挨拶をした。

里加子は、緊張気味の新人たちに、人懐っこい笑顔で「おはよう」と返し、奥にある署長席に腰を下ろした。

艶のある髪や瑞々しい肌を見ると信じられないが、アラフィフらしい。彼女は、長谷川の給料三ヵ月分はするブランドのバッグを持っている。

「朝から大声で挨拶して、若い奴の『やる気』って鬱陶しいね」

新堂は、呆れたような顔つきでぼやいた。

「新堂君、今日は検査の日じゃないの」

里加子に言われ、新堂は「あぁ、そうでした」と立ち上がり、両手をあげて伸びをする。

長谷川は、やっと現場で仕事ができると思うと嬉しくなり、電子黒板に駆け寄った。

「新堂さん、行き先と戻り時間は？」

「桜田丘(さくらだおか)小学校、戻りは未定だ」

電子黒板に記入した内容は、パソコンなどで確認できるスケジュール表にも反映される。

長谷川は、新堂と自分の欄に行き先を記入すると、里加子に「行ってまいります」と声をかけてから、意気揚々(いきようよう)と救命部をあとにした。

これまでの長谷川の経歴は順風満帆(じゅんぷうまんぱん)だった。

大学を卒業後、難関の児童救命士の試験にも難なく合格した。親の期待を裏切らず、自分が目指した道を順調に歩んできたのだ。それなのに、江戸川児童保護署に配属になってから雲行きは怪しくなり、不満ばかりが募っていた。

通常、児童救命士はふたり一組で任務にあたるのだが、長谷川のパートナーは、いわくつきの人物でもある新堂だったのだ。彼は児童保護署に異動になる前は、厚生労働省の子ども家庭局の家庭福祉課にいたらしい。

里加子は、優秀な児童救命士だと言っていたが、相田からはよい話を聞かない。

相田は、パートナーの国木田が不在のときにわからないことがあり、新堂に質問すると、彼は悪びれる様子もなく、「他の人に訊(き)いて。だって、俺もわからないもん」とへらへら笑ったらしい。相田からは「お前の相棒、かなり頼りないぞ」と脅(おど)されていた。

桜田丘小学校は、四階建ての校舎だった。

長谷川と新堂は正門から入り、一階にある受付に向かった。

受付にいる事務員に声をかけると、話が通っているのか、すぐに教師の本宮絵里があらわれた。新任だろうか、年の頃は二十代前半に見える。澄んだ瞳が印象的な人物だった。

三階まで行くと、絵里は四年三組と書かれた教室のドアを開け、声を張り上げた。

「みんな、早く席について！」

騒いでいた児童たちは急に静かになり、慌てて各々の席に戻った。三十名の児童たちは、こちらを値踏みするような目で眺めている。

長谷川は緊張のあまり、唾を飲み込んだ。今日の検査は、新堂から「お前がやれ」と指示されていたのだ。

教壇に立った絵里は、児童の顔を見回しながら説明した。

「今日は、みんなの大切な命を守るために、児童救命士の方たちがライフバンドの検査をしてくださる日です。ライフバンドについては一年生のときから説明を受けているので、わかっていますよね」

児童が少し強張った表情になっているのは、幼いながらもライフバンドの意味をしっかり理解しているからだろう。

「これから、児童救命士の長谷川さんにご指導いただきます」

絵里は、こちらに向かって「お願いします」と軽く頭を下げた。

長谷川はまだ新米だったが、鷹揚（おうよう）な態度で「わかりました」とうなずいてみせた。

研修で一通り検査のやり方は教わっていたが、実際に子どもたちを目の前にすると余裕はなくなる。通常はライフバンドの検査は、総務部の署員が行うのだが、署長の方針で、新人は一度経験しなければならなかった。

新堂はあくびを嚙み殺して、眠そうな目をしている。やはり、手本を見せてくれる気はないようだ。研修で習ったことを頼りにやるしかない。

最初に子どもたちの手首を確認した。全員、利（き）き手ではない方に、腕時計に似ている藍（あい）色のライフバンドを装着している。

児童保護救済法の施行後、義務教育期間にある六歳から十五歳までの児童は、ライフバンドを装着するよう義務づけられた。着脱は自由に行えるが、特別な理由がないときはつけていなければならない。ライフバンドを腕に装着していれば、不審者も警戒するため、犯罪に対する抑止力にもなっていた。

今となっては違和感を覚えないが、当初は、子どもたちがみな同じライフバンドを装着しているのは異様な光景だった。

「新堂さん、児童は全員ライフバンドを装着しています」

マニュアルどおり現状報告をした。

研修マニュアルには、報告した児童救命士に対し、パートナーは「目視了解」と返答するはずだが、新堂は「いちいち俺に報告しなくてもいいよ」と、面倒そうに言い放った。

長谷川は予想だにしない答えに動揺してしまい、小声で忠告した。

「子どもたちが見ているんですから、しっかりやってくださいよ」

新堂は、素知らぬ顔で耳の穴をほじっている。人を苛立たせる天才だ。

長谷川は気を鎮めてから、唯一、新堂から教えてもらったことを思い出した。常々、子どもに対して、大人と同じように接しろと言われていた。

検査は慎重に行わなければならない。児童たちがライフバンドを使用したときに問題が起きたら、検査をした署員の責任問題になる。

長谷川が教壇に立つと、児童の視線が一気に集まった。

「みなさん、おはようございます」

小さな声で、ぼそぼそと挨拶が返ってくる。

「私は児童救命士の長谷川と申します。本日は、よろしくお願いします」

長谷川はそこまで話してから息を呑んだ。検査用のライフバンドを所持していないのに気づいたのだ。慌てて新堂を見やり、目で訴えた。

新堂は心中を察したのか、ポケットからダルそうにライフバンドを取り出して投げた。キャッチしたライフバンドには、サンプルと書いてある。なぜか藍色ではなく、灰色だった。

長谷川は気を取り直して、子どもたちに訊いた。

「先ほど先生も仰っていましたが、みなさんはライフバンドについて、しっかり理解していますよね」

返事をしてくれる児童は誰もいない。ということはわかってない？　頭が真っ白になり、助けを求めるように絵里を見た。

「わかっていますよね？　先生は何度も説明しました。今日は児童救命士の方が来ているので、ちょっと緊張しているのかな」絵里は動揺した様子で早口に言った。

ライフバンドは、あらゆる教育活動の中で、最も重要なものだと位置づけられている。ライフバンドの意味を児童に教えるのは最優先事項だった。

教師は授業を始める前に、児童がライフバンドを装着しているかどうか確認する。そこで問題があった場合、各都道府県に一箇所設置されている、『児童保護本部』に速やかに連絡する決まりになっていた。諸々の確認を怠り、軽視するような発言をしたときは罰則まで定められている。

「使用方法を忘れてしまった人や、まだ難しくてよくわからない人もいるかもしれないので、検査の前に説明します」

長谷川は、児童たちの顔を見ながら続けた。「とても大切な話なので、しっかり聞いてください。このライフバンドは、たとえば『友だちからいじめられていて苦しい』、『おうちでひどい暴力をふるわれていてつらい』または、『知らない人に連れ去られそうになる』など、助けてほしいときや命の危険を感じたときに使うものです」

長谷川はライフバンドについている半球型のふたを押し上げてから、子どもたちに見えるように指紋認証スキャナを見せた。ライフバンドは、ふたを押し上げると起動する。ベルトの部分はシリコン製。防水加工され、十年駆動のリチウム電池が入っている。

「命の危険を感じたら、ふたを開けて、この黒い部分に自分の親指の腹を密着するように当ててください。GPS機能でみなさんの居場所を特定し、必ず我々が駆けつけます。みなさんを全力で守ります。だから、命に関わるような危険を感じたらライフバンドを使用してください」

小学校入学時に国から支給されるライフバンドは、子どもが自ら助けを求めやすくするために作られたものだ。同時に「気のせいではないか」「虐待かどうかわからないから声をかけられなかった」などという、助ける側の不安を払拭（ふっしょく）する効果もあった。

児童保護救済法が施行され、堂々と子どもたちに手を差し伸べられる環境が作り出されたのだ。

「本部に連絡は入れてありますか？」

長谷川の問いかけに、新堂は無言でうなずいた。

研修では、事前に通信指令センターに報告してから検査を行う、と教わっていた。

長谷川は朗らかな声で呼びかけた。

「それではみなさん、検査をしましょう。ライフバンドの半球型のふたを開けてください。ふたの下にある指紋認証スキャナに自分の親指を当ててみてください」

親指を当てると、児童保護本部にある通信指令センターに情報が入るようになっている。通信指令センターは発信地を識別し、その地域を管轄している児童保護署へ出動命令を出すという仕組みになっていた。

事前に検査日を伝えてあるはずなので、通信指令センターは、ライフバンドが機能しているかどうか確認するはずだ。

子どもたちは、恐るおそる小さな手で透明なふたを開け、親指を指紋認証スキャナに当てた。ベルトの部分に緑色の光が広がる。

「みなさん、人混みの中で助けを求めるときは、このように装着した腕を高く伸ばしてください」

長谷川の呼びかけと共に、次々に腕が高く突きあげられる。

「本番は、このような手順で助けを求めてください。声なんて出せなくてもいい。ライフバンドを使用してくれれば、必ず我々が助けに行きます。しかし、遊びで使用した場合は親御さんや学校に連絡がいき、厳しく注意されるので、命に関わるときだけ使用してくだ

「もしかしたら、指紋認証スキャナに親指を二度当ててしまった子がいるのかもしれません」

長谷川と絵里は、なにが起きたのか理解できず、思わず顔を見合わせた。

突然、教室にけたたましいウゥーというサイレン音が鳴り響いた。

さい」

絵里のその言葉に、長谷川は一気に動転した。心拍数が高まり、汗がふき出してくる。指紋認証スキャナに二度親指を当てると、ライフバンドからサイレン音が鳴るようになっている。サイレン音は相手を威嚇する効果があり、同時に周囲の人々に気づいてもらう効果もあった。

サイレン音を聞きつけた大人は、積極的に児童に声をかけて保護するよう推奨していた。無視する者が出ないように、協力してくれた大人には、国から一万円の報奨金が支給される制度も導入している。

検査のときは、一度しか指を当ててはならない。そのことを事前に説明してから行わなければならないのに、すっかり失念していた。

数名の男子児童が「ウゥー」とサイレン音の真似をしながら教室を走り始めた。

新堂は笑いを堪えているのか、口元を手で覆い隠している。その場違いな態度に怒りが湧いてくるが、長谷川は気持ちを切り替えて、声を張り上げた。

「指紋認証スキャナに二度指を当ててしまったのは誰ですか？」

ライフバンドのサイレン音は、児童救命士の指紋を当てなければとまらない。

「他の人は二度当てないで！　みんな席について」絵里は大声で指示した。

数人の児童が、同じ場所に視線を向けている。長谷川は子どもたちが注視している少年の席に近づいた。彼の左手首に装着しているライフバンドからサイレン音が鳴り響いている。

「須藤誠君です」絵里は言った。

誠は、ふてぶてしく背もたれに寄りかかり、子どもとは思えないほど鋭い視線を向けてくる。あまりの迫力に気圧され、一瞬怯みそうになった。

「誠君、間違って二度当ててしまったのね」

絵里の問いかけを無視し、誠はなにか不服そうな顔をしていた。

長谷川は、誠の手首をつかむと、自分の親指を彼の指紋認証スキャナに当てた。脅迫的なサイレン音がやむと、子どもたちの興奮も鎮まっていく。

「そういえば、検査担当責任者の欄に、お前の名前を書いといたんだ」

新堂はとぼけた調子で言うと、唇の端を吊り上げた。

無線機に通信指令センターから連絡が入る。

――江戸川児童保護署の長谷川児童救命士、どうぞ。

急いで無線機の通話ボタンを押しながら応答した。

「長谷川です。要救助者ではありません。検査中、指紋認証スキャナに指を二度当てた子どもがいて……個人番号はBC869-0597VP26」

誠のライフバンドの個人番号を読み上げた。

返ってきたのは「了解」ではなく、「始末書を提出してください」という冷たい声だった。

無線の会話は、同じ管轄内の署員なら全員聞くことができる。児童保護署に戻ったら、また国木田から嫌味を言われそうで、陰鬱な気分になった。

長谷川は、小さな溜め息をもらしたあと注意した。

「検査のときは二度当てないでください」

誠は、長谷川の顔を凝視し、少し目を細めた。その表情は失望のようでもあり、軽蔑のようでもあった。

2

河川敷の土手に座ると、緑の匂いが濃くなる。足首まである草が、さわさわと音を立てて風に揺れていた。近くにいる肥えた鳩は、繰り返し地面をついばんでいる。

正面にはグラウンドがあり、サッカーのゴールネットが置いてあった。グラウンドの向こうには、幅の広い河がゆったり流れている。平日のせいか、人影はなく、辺りは静まり返っていた。

「誠君は四年生です。何度もライフバンドの検査を受けているから、指を二度当ててはいけないのを知っていたはずです」

長谷川は、コンビニで買った鮭のおにぎりを頬張りながら続けた。「わざとやった気がします。それなのに自分が悪いことをしたっていう自覚がない。素直に謝ろうとしないのは、なにか親のしつけに問題があるのでしょうか」

「口の中に食い物を入れて話すな。お前も親のしつけに問題があったんだろうな」

新堂はシリアルを食べながら、やる気のない声で返した。

シリアルの箱には、「牛乳をかけてお召し上がりください」と書いてあるのに、そのままバリバリと嚙み砕いている。理由はわからないが、彼はシリアルしか食べない。

「新堂さんは、僕が注意事項の説明を怠ったことに気づいていたんじゃないですか?」

「まったく気づかなかった」

あのときの楽しんでいるような表情を思い出すと、どうしても信用できない。思わず、溜まっていた不満が口を衝いて出た。

「どうして他の先輩みたいにしっかり指導してくれないんですか。だから準備不足になってミスが生まれるんですよ」

「この仕事は準備なんてできないことばかりだ」

「相田は、国木田さんから丁寧に署内の案内までしてもらっていました」

「俺とパートナーになったのは、運命なんだからしょうがないだろ」

「恋人に言うようなセリフはやめてくださいよ」

「虐待されたくて、その親を選んで生まれてくる子どもなんていない。それも運命なんだ」

新堂の顔は、どこか翳って見えた。

「運命なんて言葉で片付けるのは好きじゃないです。新堂さんは、いつも他人事みたいに冷たい言い方をしますよね」

「どれだけ熱くなったって、この世界は変わらない。理不尽なことだらけだ」

それくらいわかっている。その言葉が喉元まで迫り上がってくる。懸命に生きている人間が自然の猛威によって命を落とす。無抵抗の力の弱い子どもが、利己的な大人に殴り殺される。この世界は、苛立つほど理不尽に満ちている。

長谷川は溜め息を吐き出してから、それとなく確認した。

「誠君は、サイレン音を鳴らしてみたかったのかもしれませんね」

新堂はなにも答えず、仰向けに寝転がった。マネキンのようにまったく動かない。色が白いせいか、目を閉じていると、まるで死体のようだ。

「署に戻らないんですか？」

長谷川は嫌な予感が胸に広がり、続けて尋ねた。「まさか、このまま昼寝でもするつもりじゃないですよね」

「俺はデリケートだから、ふかふかのベッドじゃなければ眠れない」

長谷川は「そうは見えませんね」と言ってやりたかったが、どうにか堪えてペットボトルのお茶を飲んだ。

「須藤誠は、本当にわざとやったんだろうか」

新堂は目を閉じたまま、平坦な口調でつぶやいた。

「どういうことですか？」

「なにかが不自然だ」

「僕らを困らせたくて、悪ふざけしただけですよ」

新堂は目を開くと、まるで怖い話をしているかのように低い声で訊いた。

「お前の考えが間違っていたらどうする？」

なぜか胸騒ぎがして、ある疑いが胸に兆した。もしも、検査のときは二度指を当ててはならないと知っていたとしたら——。サイレン音を鳴らせば、教師に怒られることも想像できただろう。そのようなリスクを背負ってまで、本当に悪ふざけがしたかったのだろうか。思い返してみると、誠からは注目を浴びて喜んでいるような様子は見受けられなかった。

長谷川は、頭に浮かんだ憶測を口にした。

「まさか、あの子は要救助者だったんですか」

「可能性はゼロじゃない」

「だったらどうしてあのとき教えてくれなかったんですか」

「お前と初めて会ったときに伝えたはずだ」

長谷川は意味がわからず、また静かに目を閉じた新堂の顔を見つめた。

なんの確信もないが、不安が膨れ上がってくる。

初めて会った日、自己紹介をすると新堂は「まずは今まで身につけた常識をすべて取り払え。自分の考えが常に正しいと思うな。それができなければこの仕事は続かない」、そう薄い笑みを浮かべて言った。

自分の考えが常に正しいと思うな……。教室での出来事は、悪戯だと考えていい状況だったのだろうか。

誠はふてぶてしい態度でこちらを睨んでいた。けれど、本当に助けを求めていなかったといえるだろうか――。

記憶をたどり、教室で起きた出来事を頭の中で再確認してみる。

長谷川が「検査のときは二度当てないでください」と声をかけると、誠は失望とも軽蔑ともとれる表情を浮かべた。なぜあのような態度に出たのだろう。確かに不自然だし、釈然としないものがある。

なにか助けてほしいことがあり、使用した可能性もゼロではない。子どもが発するSOSのサインを見逃したのだろうか。ライフバンドの検査でミスをし、始末書を書く羽目になった。その上、要救助者を無視したとなれば大問題だ。

長谷川は居ても立ってもいられなくなり立ち上がった。

「小学校に戻り、誠君に会って確認してきます」

新堂から返事はもらえなかったが、急いで土手を駆けのぼった。

3

小学校の受付で事情を説明すると、長谷川は来客室に案内された。

狭い部屋には、茶色い革張りのソファと木製のテーブルが置いてある。壁には赤富士の絵が飾ってあった。しばらく待っていると、授業の終わりを告げるチャイムが鳴り、絵里が休み時間を利用して来客室に来てくれた。

長谷川が気になっていることを一通り話し終えると、正面に座っている絵里は、手元にある資料に目を落としながら口を開いた。

「誠君は、他の子どもに比べて表情は豊かではありませんが、成績も優秀ですし、特に変わった様子は見受けられません」

「ご両親はどうでしょうか」

「私も児童についてすべてを把握しているわけではないですが、家庭環境には特に問題はないと思います。お父様は金融関係の企業にお勤めで、お母様は専業主婦です。そもそも、なぜ誠君を要救助者だと思われたのですか」

新堂に言われたからそんな気がしました、とは口が裂けても言えない。考えあぐねていると、絵里が怪訝(けげん)な表情で言葉を発した。

「あれは誠君が誤って二度触れてしまっただけだと思います。去年も同じことが起きた、と他の教員が教えてくれました」

「最初は僕もそう思いましたが、別の可能性も考えられるのであれば、やはり確認した方がいいと思ったんです」

不穏な沈黙が立ち込めたので、長谷川は「お忙しいところ、申し訳ありません」と頭を下げた。

絵里の表情が少し和らぐと、彼女は弱々しく微笑(ほほえ)んだ。

「児童救命士の方は、とても仕事熱心なんですね。私は、本当に児童のことをわかっているか、と訊かれるたびに責められているような気がして……。でも、そういう不安が少しでもあるのなら、確認すべきですね。教室にいると思いますので、誠君を呼んできます」

新堂から問題提起されなければ、再度訪問しようとは思わなかった。長谷川は少しだけ後ろめたさを感じた。

絵里が「少々お待ちください」と頭を下げて部屋を出て行ったあと、携帯電話を取り出し、新堂の番号を呼び出した。

『ただいま休憩中ですので電話に出たくありません』

「新堂さん、子どもみたいなことはやめてください」

『なんだよ。お前もさぼっているのか？』

「まさか、一緒にしないでください。担任の本宮先生に頼んで、誠君に真相を確かめてもらっています」

『真相って？』

「誠君が要救助者なんじゃないか、って言ったのは新堂さんじゃないですか」

『真偽なんてわからない』

「さっきは脅すみたいな口調で、『お前の考えが間違っていたらどうする』って言ったじゃないですか」

『素直な気持ちを口にしただけだ。そこから勝手に判断して動き出したのはお前自身だ。

忙しいんだから切るぞ』

「ちょっと待ってください。もしもですよ、誠君が要救助者だったとき、僕はどうすればいいんですか」

『研修でやっただろ』

研修でも習ったが、詳しくは現場で指導してもらえるはずだった。それを伝えようとしたが、既に通話は切れていた。かけ直しても出ない。長谷川は舌打ちしたあと、携帯電話を強く握りしめた。

相田から聞いた話によれば、新堂はよくパートナーを置き去りにするらしい。勤務中に公園で推理小説を読みふける姿や、バッティングセンターに入るところを署員に目撃されている。先輩の児童救命士たちからも、変わり者だと噂（うわさ）されていた。

長谷川は、びくりと身体を硬直させた。

突然、廊下からサイレン音が響いてきたのだ。

慌ててドアを開けると、そこには青ざめた顔の絵里と怯（おび）えた表情の誠が立っていた。誠のライフバンドからはサイレン音が鳴り響き、緑色のライトが灯（とも）っている。

絵里は、訥々（とつとつ）と状況を説明した。

「誠君に真相を尋ねたら……黙ったまま、自分の親指を指紋認証スキャナに当てたんです」

長谷川は、誠の前に屈んでから訊いた。

「これは悪戯ではなく、君は本当に助けを求めているんだね？」

誠は返事をするかのように、薄い唇を強く嚙みしめ、ライフバンドがついている腕を高く掲げた。大きな丸い瞳には、薄っすら涙が滲んでいる。

ベランダから飛び降りた少年の映像が脳裏によみがえり、思わず足がすくんだ。

4

江戸川児童保護署は、地味な鶯色の建物だった。

三階建ての建物を取り囲むように、周囲には樹木が植えられている。児童保護署の多くは同じ造りで、『救いの森』と呼ばれていた。

長谷川は、誠と一緒にエレベーターに乗り込み、三階のボタンを押した。

ライフバンドを使用し、『保護児童』になった誠は、話しかけても一言も口を利いてくれなかった。真相を語れば、誰かに罰せられるかのように、唇を引き結んでいる。まるで敵に捕まったスパイのようだ。

エレベーターを出ると、緑色の絨毯が敷き詰められた廊下を進んで行く。

廊下の両サイドには、ドアがずらりと並んでいる。ドアにはクマ、ライオン、ゾウなどの動物の絵が描かれていて、それが面談室の室名にもなっていた。どれもリアルな絵なので、癒（いや）されるような可愛（かわい）らしさがないのが残念だ。

廊下の天井には、防犯カメラが備えつけられている。問題が起きたとき、すぐに警備員が駆けつけてくれるようになっていた。

長谷川はウサギの絵が描かれたドアの前で立ちどまり、右横に設置されている指紋認証スキャナに中指を当てた。

解錠された重厚なドアを開ける。部屋の中央には大きな白い机、隅には背の高い観葉植物が置いてある。奥の窓際の席に誠を座らせた。

窓にはブラインドが降ろされているので、外の景色はいっさい見えない。

椅子（いす）に座った誠は、不安そうに机をじっと見つめている。小さな唇が乾燥していた。きっと、緊張しているのだろう。長谷川も同じ気持ちだった。

新堂に連絡すると、「俺が戻るまで、保護児童の現状を聴取しろ」と指示された。これまで幾度も研修生を相手に面談の練習をしてきた。けれど、本物の保護児童を目の前にすると、大人相手の練習はなんの意味もなさないような気がして不安になる。

児童救命士の先輩たちは、出動命令に対応しなければならないので頼ることはできない。スケジュールを確認すると、署長や次長は児童保護本部で会議中だった。

通常、児童救命士は通信指令センターから連絡があった場所へ向かい、ライフバンドで助けを求めた児童を保護する。その後、保護した児童と面談を行い、どのような問題を抱えているのかを確認し、解決するための対策や方針を打ち出す。

面談を終えたあとは、親権者に連絡を入れ、児童保護署まで迎えに来てもらう。虐待の疑いがある場合は、親権者とは会わせず、保護児童は一時保護所に送られる決まりになっていた。

「誠君、喉は渇いていないかな？」

誠は黙ったまま首を横に振ったが、部屋の隅に置いてある内線電話で総務部にりんごジュースを頼んだ。

誠はまだなにも語らないが、保護児童はいじめや虐待などの深刻な問題を抱えている者が多い。学校に問題がある場合は、児童救命士が教師やクラスメイトたちに事情聴取をし、問題の解決に向けて尽力する。また、様々な調査の結果、被虐待児だと認定されれば、児童相談所の職員に引き渡すことになっていた。

児童相談所の職員と面談を重ねた結果、親のもとへ帰りたくないと決断した保護児童は、『児童親権選択法』により、親を捨てられる権利がある。児童親権選択法は、子どもの人権を尊重するため、最終的な意思決定をする権利は、児童にあると定めたものだ。親から離れる決断をした者は、『国家保護施設』で育てられることになっていた。

届いたりんごジュースを勧めてみたが、誠はまったく口にしなかった。

長谷川が少しでも緊張をほぐしたくて、子どもたちに人気のある漫画の話題を振ってみても、口を噤んでいる。

単刀直入に訊くしかないと腹を決めて、できるだけ穏やかな声で質問した。

「誠君は、どうしてライフバンドで助けを求めたのかな」

そう尋ねた瞬間、誠の顔はみるみる赤くなり、歯を剝き出しにして怒鳴った。

「嘘つき！　声なんて出せなくても助けてくれるって言ったじゃないか」

突然の豹変ぶりに呆気にとられ、二の句が継げなかった。

誠の顔は悲哀に染まり、唇はぶるぶる震えている。

長谷川はその怒りの根源がまったくわからず、呆然と誠を見つめた。

確かに、「声なんて出せなくてもいい。ライフバンドを使用してくれれば、必ず我々が助けに行きます」、そう伝えた。けれど、詳しい話をしてくれなければ救いようがない。

長谷川は懇願するような口調で話しかけた。

「僕は君を助けたい。だから、誠君が苦しんでいる理由を教えてほしいんだ」

「そんなの知らないよ」

誠は椅子にふんぞり返り、そっぽを向いてしまった。

先刻までの緊張している姿が嘘のようだ。研修のとき、素直に胸の内を語らない保護児童もいると聞いてはいたが、嘘つき呼ばわりされるとは想像もしていなかった。次に取るべき行動がわからなくなる。初めて子どもが難しい生き物だと実感した。けれど、逃げていてもなにも始まらない。

「誠君は、ライフバンドで助けを求めた。それは、なにか命に関わるような危険を感じたからだよね？　ひとりで抱え込まず、すべて話してほしいんだ」

誠は「嫌だね」と言うとストローの袋を乱暴に破り、りんごジュースを飲み始めた。

その横柄な態度を目にし、微かな苛立ちが生まれた。

大人をからかって楽しんでいるのかもしれない。もしかしたら、ライフバンドを遊びで使った可能性もある。それとも、なにか試そうとしているのか——。

この子は一体なにが目的なのだろう。どれほど自問自答してみても、頭の中の霧は一向に晴れなかった。

ドアがノックされ、新堂が入ってきた。

思わずほっと胸を撫でおろした。頼りない先輩でも、いないよりはマシだ。

新堂は、妙にさっぱりした顔をしている。遅れてきた謝罪もなく、長谷川の隣に腰を下ろした。微かに石鹸の匂いが漂ってくる。

「やっぱり、銭湯はいいねぇ」新堂はうっとりした表情で言った。

「まさか勤務中に風呂に入っていたなんて言わないでくださいよ」

新堂は、その言葉を無視して、誠に視線を据えた。

「誠さんの近所にある銭湯は、なかなかでした。行ったことはありますか？」

誠さん？　どうして保護児童に敬語を使うのだろう。もしかしたら、なにか目的があり、下手に出ているのだろうか。

誠は、探るような目で新堂を凝視したあと、かぶりを振った。

「今度、一緒に行ってみませんか。銭湯の壁に芥川龍之介の『蜘蛛の糸』の一場面が描かれているんです。番頭になんでそんな絵を描いたのか尋ねたら、『夏はホラーでしょ』って、もう九月なのに笑えますよね」

新堂は、なにがおもしろいのか、ひとりでヒヒヒと笑っている。

「芥川龍之介の『蜘蛛の糸』はホラーじゃないですから」

長谷川がそう言うと、新堂はすぐに反駁した。

「ホラーだよ。あれほど心が凍える話はないね。あの小説を読んでから、俺は生き方を変えた」

誠は「生き方を変えた」とつぶやいてから、「どう変わったの？」と訊いた。

全身から放たれていた威圧的な雰囲気は消え失せ、誠は興味深そうに新堂を眺めている。まるで体色を変化させるカメレオンのようだ。

長谷川には奇妙に思えたが、新堂は気にもとめずに愉快そうに答えた。

「あの本を読んでから、虫を殺さなくなりました」

誠はなにか気になるのか、探るような目で尋ねた。

「変わろうと思ったのは、地獄に行ったとき、虫や動物に助けてもらいたいから？」

子どもらしい疑問だったが、表情はやけに大人びて見えた。真剣そのものだ。

新堂は「そうです。地獄に落ちたときのために希望を残しておきたい。徳は積んどくものです」と意味深に微笑んだ。

「それなら、悪いことをしている人に『蜘蛛の糸』を読ませたら、みんないい人になる？」

「それはどうでしょうか。相手が子どもか大人かにもよると思います」

「大人なら？」

「一般的に、大人は子どもよりも純粋ではないと言われていますから、物語から影響を受けるのは難しいかもしれません」

新堂の答えに、誠の表情が少し曇った。肩を落とし、どこか残念がっているようにも見える。

ふたりが黙り込んでしまったので、長谷川はできるだけ明るい声で訊いた。

「誠君は凄いね。『蜘蛛の糸』って、確か小学五年の教科書に載っている話だよ。もう読んでいるんだ」

「図書館で読んだんだ」誠は抑揚のない声で答えた。

長谷川は返事をしてくれたのが嬉しくなり、もっと褒めた。

「僕が小学生の頃は、学校の図書館なんて数えるくらいしか行かなかったのに偉いな」

「違う。僕が行くのは近所の図書館だよ」

その棘(とげ)のある言い方に心が折れそうになる。

「長谷川、アイスカフェオレとりんごジュース」

新堂にそう言われ、誠のグラスに視線を向けると空になっていた。やはり、緊張して喉が渇いていたのだろう。

長谷川は、内線でりんごジュースとアイスカフェオレをふたつ頼んだ。

新堂は神妙な顔で切り出した。

「誠さんの世界に興味があります」

「世界？」誠は少し首を傾(かし)げた。

「そうです。誠さんにしかわからない世界がある。たとえば、好きな色は何色ですか？」

「色は……青が好き」

「好きな食べ物は？」

「エビグラタン」

「お母さんが作ってくれるんですか」

誠の顔は、ぱっと明るくなった。

「そうだよ。お母さんのエビグラタンはすごくおいしいんだ」

「そうですか。次に好きな季節を教えてもらえますか？」

「夏。それ以外は大嫌い」

なにか通じるものがあるのか、変わり者のふたりは完全に打ち解けている。

誠はリラックスして、子どもらしい笑顔を見せてくれるようになった。けれど、その後も意味をなさないような会話が続くだけで、ライフバンドを使用した理由は話してくれなかった。真相はつかめないまま、時間ばかりが過ぎていく。けれど、新堂は焦る素振りも見せず、「悪い人間はどうしたら改心するのか」という難問を誠と一緒に考えていた。

新堂は、しばらくしてから急に長谷川に質問した。

「保護児童が真相を語らない場合はどうなるんだ？」

長谷川は、自分の頬が引きつるのを感じながら小声で説明した。

「そんなことも知らないんですか？　マニュアルでは、原因がわからない場合は特定するまで一時保護所で保護する決まりになっています」

「それなら誠さんは家には帰れず、一時保護所へ行くことになるんだな」

誠の顔が焦りの色に染まっていく。

「どういうこと？　僕は家に帰れないの？」声は完全に震えていた。

長谷川は、ゆっくり状況を説明した。

「学校に問題がある場合は家に帰れるけど、家庭に問題があるときは、しばらく一時保護所で生活を送る決まりになっているんだ。誠君はどこに問題があるかわからないから、今日は一時保護所へ行ってもらおうと思っている」

「は？　無理だよ。僕は家に帰る」

「家には帰せない。これは決まりなんだ」長谷川は、はっきり伝えた。

「僕のお父さんとお母さんに問題はないよ」

長谷川は、今がチャンスとばかりに質問した。

「それなら、どうしてライフバンドを使って助けを求めたの？」

誠は明らかに動揺している。忙（せわ）しなく目を動かし、なにか逡巡（しゅんじゅん）しているようだった。

「いじめ……僕はいじめられているんだ」

誠は身を乗り出すと、急に真相を語りだした。

「誰にいじめられてるの？」長谷川は尋ねた。

「……学校の友だち」

「相手は同じクラスの子？」

その問いには答えず、誠は顔を伏せてしまった。

重苦しい沈黙が室内を包み込んだ。

急に真相を話し出すのは、あまりにも不自然だ。仮にいじめに悩んでいるなら、もっと早い段階で話してくれてもよかったはずだ。

長谷川は、誠の気持ちがまったくわからず、次の言葉が見つからなかった。

新堂は気詰まりな空気が漂う中、軽い口調で訊いた。

「保護児童のいじめが判明した場合、俺たちはどうするんだ？」

長谷川は大仰に溜め息をついた。いくら新堂でも知らないわけがない。こんな深刻な状況なのに、わざと知らない振りをして、新人を試しているのかもしれない。これが指導だとしたら、ただの悪趣味だ。

長谷川は苛立ちを抑えながら、マニュアルどおりに回答した。

「学校に問題がある場合は、児童保護署にご両親を呼び、今後についての方針を話し合うんです」

方針が決まるまでは、保護児童にはしばらく学校を休んでもらう。その間、児童救命士は調査をし、いじめを防げない場合は国家保護施設にある学校などに転校するかどうか検討してもらうことになっていた。

「ここに……お母さんとお父さんを呼ぶの？」

誠の額には、薄っすら汗が滲んでいる。呼吸は少し荒くなっていた。明らかに様子がおかしい。きっといじめられていることを親に知られたくないのだろう。

新堂は冷淡な口調で訊いた。

「いじめの場合はご両親に連絡しますが、なにか問題はありますか」

誠は眉根（まゆね）を寄せ、思い悩んでいるような表情になる。必死に思考を巡らせているようだった。

長谷川は、今までの誠とのやり取りを頭の中で整理した。

最初は明らかに緊張していた。けれど、ライフバンドを使用した理由を尋ねると、急に真っ赤な顔で怒り出し、なにも語らなくなった。新堂が来てからは、楽しそうに質問に答えていた。そうかと思えば、突然いじめられていると証言し始めた。

冷静に振り返ってみても、謎（なぞ）は深まるばかりで、真実は一向に見えてこない。

その後も誠はいじめられていると言い続けたが、詳細については語らず、最後は両親を交えて話し合うことを承諾した。

緊張している保護児童を尻目（しりめ）に、新堂は何度もアイスカフェオレを追加で頼み、のんびりと飲んでいる。

日が沈み始め、室内の照明をつける頃、誠の両親は署員に連れられて面談室に入って来た。

父親の須藤智之（ともゆき）は、長身痩躯（そうく）で紺のスーツに黒縁の眼鏡（めがね）をかけた神経質そうな人物だった。髪は七三にきっちり分けられ、手にはビジネス鞄（かばん）を持っている。

母親の須藤佳代子（かよこ）は、ベージュのスカートに、ベビーピンクのジャケット姿だった。薄化粧のせいか、気が弱そうに見えた。

智之は、軽く頭を下げながら言った。

「息子がご面倒をおかけして申し訳ありません」

言葉とは裏腹に、声には感情がこもっていなかった。

誠は、緊張した様子で背筋を伸ばしている。顔がひどく強張っていた。怯えて萎縮(いしゅく)しているようにも見える。

「児童救命士の長谷川と申します」

「同じく新堂です」

長谷川は、誠から椅子ひとつあけた場所に両親を座らせた。

佳代子も緊張しているのか、ピンと背筋を伸ばしている。

智之は椅子の背もたれに身体を預けると、低い声で訊いた。

「どうしてライフバンドなんて使用したんだ」

誠はなにも答えない。口を真一文字に引き結び、奥歯を強く噛みしめている。

「お父さんは遊んでいるわけじゃないんだ。今日だって大事な会議があったのに、お前のためにこうやって駆けつけて来たんだ」

子どもが保護児童になった場合、両親はなによりも優先して呼び出された場所に行かなければならない。企業側も率先して送り出すよう、国から指導されていた。企業側の対応が不適切な場合、厚生労働省から注意勧告を受けることもある。けれど、本当の理由を上司に伝えてから早退する者は少なかった。家庭の問題を知られたくないからだ。

長谷川は、慌てて状況を説明した。

「お父さん、息子さんはいじめの問題で苦しんでいるようなのです」

智之は鼻で笑った。

「私は、いじめなんかで嘆くような弱い人間に育てた覚えはありません。そもそもいじめの定義がわからない。人間なんて誰だって、傷つき、傷つけられながら大人になるものです。社会に出たって、いじめのようなものはいくらだってある」

長谷川は唖然となり、智之の顔を見つめた。

智之は腕を組み、身じろぎもしない。こんな独善的な父親なら、いじめられていることを話したくない気持ちも理解できる。

佳代子は、優しい声で訊いた。

「誰にいじめられているの？」

誠は目を伏せたまま、なにも答えない。

「黙っているなら、なんでライフバンドなんかで助けを求めた？」

智之の抑揚のない声が室内に響いた。静かな声なのに、妙に威圧感がある。

長谷川は、できるだけ冷静に伝えた。

「子どもがライフバンドで助けを求めるというのは、大人が思う以上に勇気のいる行為です」

「子どもはいいですよね」智之は浮かない顔でぼやいた。

「どういう意味でしょうか」

「そのままの意味ですよ。こうやって自分の気に入らないことやつらい出来事があれば、ライフバンドで助けを求めて大騒ぎすればいい。もしも大人が自殺したくなったら、誰が助けてくれるんですか? この国は子どもしか守らないのでしょうか。上層部の不祥事のせいで、株価は暴落し、社内の雰囲気は最悪だ。大変な時期に会議を抜け出して来た、こちらの身にもなってもらいたい」

「あなた……そんな言い方をしたら」佳代子はたしなめた。

智之は中指で眼鏡を押し上げながら、早口に捲し立てた。

「子どもを助けるのはあなたたちの仕事だ。原因を聞き出し、どういう方針にするか決めてから我々を呼び出せばいいじゃないですか。子どもが保護児童になったと知られたら、上司からの評価は下がる。そうなったとき、あなた方は責任を取ってくれるんですか」

智之の意見は一理あり、言い返す言葉を失った。

誠からいじめの詳細を聞き出せないのは、自分が未熟だからだと長谷川は痛感していた。助けを求めるように新堂を横目で見ると、我関せずといった様子でアイスカフェオレを飲んでいる。

「よろしければ、なにかお飲み物を」

長谷川は緊迫した空気を変えたくて尋ねてみたが、「どうでもいいから早く面談を終わらせてくれ」と睨まれた。

智之が落ち着きなく膝（ひざ）を揺すり始めると、誠は怯えたように身を固くした。

今まで黙っていた新堂が、唐突に口を開いた。

「それならこれで面談を終わりにしましょう。息子さんもなにも語りたくないようですし、ご両親もお忙しいなら、あまり長く引き留めるのは申し訳ない」

「暴力……叩かれています」誠は急に声を出した。

佳代子は今にも泣き出しそうな顔で、息子に目を向けた。

誠は唇を小刻みに震わせながら、もう一度声を振り絞った。

「僕は……暴力をふるわれています」

まだ小学四年なのに、暴力を伴ういじめが起きていることに驚いた。

「誰が誠君に暴力をふるうの？」

長谷川が訊くと、予想外の人物の名をあげた。

「お父さんから……暴力をふるわれています。いじめは嘘です」

智之は溜め息を吐き出したあと、佳代子に確認した。

「どういうことだ？」

佳代子は、叫ぶように誠に訊いた。

「なぜ嘘を言うの？　お父さんは、あなたに手をあげたことなんて一度もないわよね」

誠は視線を落とすと、またなにも話さなくなってしまった。

「誠君、もう少し詳しく話してもらえないかな」

長谷川が促しても、誠は口を閉ざしたままだった。

険悪な空気が漂う中、新堂の氷を噛み砕く音が響いた。

「誠さん、身体のどこに暴力をふるわれていますか？」

新堂が質問すると、誠はしばらく間を置いてから「色々なところを叩かれるけど……特に背中です」と、小さな声で答えた。

「どのような物で叩かれていますか」新堂は続けた。

「竹刀です」

「ちなみにご自宅に竹刀はありますか」

その問いかけに、佳代子の手は震え出し、彼女はそれを隠すように机の下に入れた。

答えない佳代子の代わりに、智之が口を開いた。

「ありますよ。私の亡くなった父の形見です。生前、父は剣道教室を開いていましたので。けれど、誠が言っているのは嘘です。私が息子に手をあげたことは一度もありません」

芝居には見えない。堂々と話す智之からは、なにかを隠そうとしている素振りも窺えない。けれど、誠が嘘を言っているとも思えなかった。

「誠さん、背中を見せてもらえませんか」

その新堂の言葉に、室内の空気が一気に張り詰めた。

怪我（けが）や痣があれば証拠になり、虐待を証明できる。

「誠、もうやめて！　お願いだから嘘は言わないで！」

突然、母親は絶叫した。

誠はびくりと肩を撥（は）ね上げたあと、目に涙をためて「ごめんなさい」とつぶやいた。

「さっきから、お前はなにがしたいんだ。こんな嘘をついて、そんなに俺たちに恥をかかせたいのか？」

智之は乱暴に席を立った。「もう会社に戻らせてもらいます。身体検査でもなんでもやればいい。これ以上は子どもの気まぐれに付き合っていられない。親を犯人に仕立て上げたいなら、次は証拠を見つけてからご連絡ください」

肩を怒らせて出て行く智之のあとを、佳代子は慌てて追い駆けた。驚くことに、続いて誠も出て行こうとした。

長谷川が腕をつかんで引き留めると、誠は暴れて泣き叫んだ。

「放して！　僕も帰る！　僕も家に帰る」

鬼気（きき）迫るものを感じた。暴れる誠に腹や腕を殴られながら、それでも必死に小さな身体を押さえ込んだ。脇腹を頭突きされ、激痛が走るが、放すわけにはいかない。

「虐待が疑われる場合は、家に帰せないんだ」長谷川は必死に説明した。

誠は遠ざかる両親に向かって叫んだ。

「お父さんごめんなさい！　放してよ。僕は家に帰りたいんだ。お母さんごめんなさい！」

誠は、押さえつけている長谷川を睨んだ。「僕は暴力なんてふるわれてない！　嘘をついたんだ。ライフバンドもふざけただけ……だから……」

長谷川は、誠の真っ赤な瞳を見つめながら訊いた。

「どうして嘘をついたんだ？」

「嘘なんだから……家に帰してよ」

「君が話したことが嘘だと証明できるまでは帰せない」

「声なんて出せなくても助けてくれるって言ったじゃないか！　嘘つき！　全部あんたが悪いんだ」

誠は人が変わったように、責めるような口調で言った。

少年の真意がわからず、声を押し殺して泣く誠を見つめることしかできなかった。新堂を見ると、またもや我関せずといった顔でアイスカフェオレを飲んでいた。

5

江戸川児童保護署の中庭には、木製のベンチがいくつか置いてある。木々に囲まれているせいか、森の中にいるような気分に浸れた。

ベンチの横にある外灯が、中庭を明るく照らしている。

長谷川は無言で、新堂の隣に腰を下ろした。頭突きをされた脇腹が少し痛む。手には引っ掻かれた痕がいくつも残っていた。

誠は迎えに来た一時保護所の職員の足を蹴り、激しく抵抗した。長谷川と職員は必死に宥めて強引に車に乗せたが、誠は泣きわめき、最後は悲鳴のような声を上げた。まるで誘拐でもしているような状況に気が滅入り、猛烈な罪悪感を覚えた。助けているはずなのに、苦しめているのではないか、そんな矛盾を感じずにはいられなかった。

「誠君は、どうしてほしかったのでしょうか」

長谷川はやりきれない気持ちを抱え、小声で訊いた。強い無力感に襲われるだけで、考えを巡らせてもなにも見えてこない。

新堂は、「さぁな」と他人事のように突き放した返事をする。

「誠君のことが気にならないんですか」

「俺にも、あいつの気持ちがわからない」

里加子は、新堂を優秀な児童救命士だと言っていた。それは本当だろうか……。

誠の泣き叫ぶ声が耳から離れない。改めて人を救うことの難しさを実感し、重圧に押し潰されそうになる。

長谷川は、溜め息を押し殺しながら口を開いた。

「面談室にいる間、誠君の態度は次々に変化して、なにを考えているのかまったく理解できませんでした」

「あいつは、自分でもどうすればいいのかわからないんだ」

「どういうことですか？」

「自分の頭で考えろ。ヒントはたくさんちりばめられていた」

ライフバンドを使用した理由がわかる手がかりはあっただろうか。面談室での光景を思い返してみるが、やはりそれらしい答えは見つからなかった。

「銭湯に誘ったのは、虐待の証拠をつかむためですか」

新堂は、長谷川の質問には答えず、平板な口調で切り出した。

「最初はいじめられていると証言した。それなのに、親に暴力をふるわれていると言い出したのはなぜだ？　その直前の保護児童の状況を思い出せ」

長谷川は目を閉じて、面談室での誠の様子を脳裏に浮かべた。

智之が膝を小刻みに揺らし始めたのを見て、誠は怯えたように身を固くした。あれは、条件反射のようなものだったのではないだろうか。父親が膝を揺らすと、なにか緊張を強いられるような出来事が起きるから身を固くしたのだ。

新堂は遠くを見つめながら独り言のように言った。

「不自然なことは他にもある。どうして小学校に図書館があるのに、わざわざ家の近くの図書館に行かなければならないのか……」

長谷川はしばらく考えてから答えた。

「学校の図書館に行けない理由があるから……たとえば、嫌いな図書委員がいるからではないでしょうか」

「あいつは嫌いな図書委員がいても恐れるようなタイプじゃない」

「それなら……小学校の図書館には置いてないような本を……」

長谷川はそこまで口にしたあと、胸の中の霧が晴れて視界が開けていくのを感じた。

小学校の図書館には置いてない本——。それは大人向けの本だ。そこに答えが隠されている予感がした。

「誠君の近所にある図書館に行って、どのような本を借りていたのか貸出記録を調べてきます」

「一緒に行く」

新堂の言葉に、長谷川は驚きを隠せなかった。自分がやろうとしていることは間違いではない、そう言ってもらえた気がしたのだ。

中庭の中央には、背の高い時計台がある。時刻は夜の七時だった。

長谷川は、図書館の受付で児童救命士の手帳を見せた。

手帳の左右についているボタンを押すと、自動でカバーが開く。上部には顔写真や所属部署が書かれている。下部にあるエンブレムは、青紫のネモフィラの花だ。

司書は、プリントアウトした誠の貸出記録を見せてくれた。羅列されている本のタイトルを目にし、長谷川は愕然とした。

新堂は冷静な口調で尋ねた。

「貸出記録にある本を見せてもらえませんか」

十冊ほどある本に目を通し終える頃、霧に包まれていた保護児童の気持ちが見えた。どれほど苦しい思いを抱え、今まで生きてきたのだろう。それを考えると胸が押し潰されそうなほど痛み、息が詰まった。

本を返却してから、図書館を利用している人たちに、誠について訊いて回った。三人目に声をかけようとしたとき、携帯電話の震える音が聞こえた。

電話に出た新堂は「すぐに向かいます」と答えてから通話を終えた。

「須藤誠が一時保護所に立てこもっているらしい」

「どういうことですか？」

新堂はなにも答えず、全速力で走り出した。長谷川は、図書館を出て行く先輩の背中を追い駆けた。

児童相談所に併設されている一時保護所は、タイル張りの外壁だった。

二階建ての保護所の周りには、子どもが遊べるような庭はいっさいない。

長谷川と新堂は、職員に連れられ、保護所の中にある広々としたプレイルームに入った。

広い部屋には、三角や四角の形をした大きなクッション製の積み木がたくさん置いてある。その陰に隠れるように、誠は立っていた。

誠は苛立っているのか、眉根を寄せてこちらを睨んでいる。小さな手には、鋏（はさみ）を握りしめていた。

長谷川は、誠に近づきながら尋ねた。

「どうしてこんなことをするんだ」

誠から「来るな」と怒鳴られ、足をとめた。

「嘘つき！　僕を家に帰せ！」

ずっと大声を出していたのか、声はかすれている。目は真っ赤だった。

誠は鋏の刃を開くと、自分の首に向けて叫んだ。

「お前らがやっているのは誘拐だ！　僕を家に帰せ！」

「誠君、なにがあったのか、なにが不安なのか、真実を話してほしい」長谷川は懇願した。

「嫌だ。お前らは嘘つきだ。ライフバンドを使ったら、声に出さなくても必ず助けてくれるって言ったじゃないか」

長谷川は、助けを求めるように新堂に視線を送った。

新堂は壁に背を預けるようにして立ち、静かに目を閉じている。こんな緊急を要する場面でも、一緒に対応してくれる気はなさそうだ。

長谷川は意を決して、真相を口にした。

「誠君が助けてほしいのは、自分自身じゃない」

一瞬、誠は虚を衝かれたような顔をした。

「本当に助けてほしい人は、お母さんなんじゃないのか」

図書館で借りていた本は、すべてドメスティックバイオレンスに関するものだった。

毎日、図書館で受験勉強をしているという高校生に話を訊くと、「小学生の男の子が漢和辞典を引きながら、いつも真剣な表情で本を読んでいた」と教えてくれた。

まだ幼い少年は、母親を助けるために、父親の暴力をやめさせるために、必死に専門書を読んでいたのだ。誰にも相談できない中、なにか自分にできることはないか、暴力をとめられる手立てはないのか、懸命に探していたのだ。

その哀しい姿を想像すると、強い憤りが湧き上がってくる。

「君のお母さんを助ける手伝いをさせてもらえないか？」

長谷川が訊くと、誠は挑戦的な眼差しで問いかけた。

「そんなこと……本当にできるの？」

「必ず君のお母さんを助ける」誠を真っ直ぐ見据えながら答えた。

「絶対にできる？」

長谷川は信用してもらうために、「絶対に助ける」と深くうなずいてみせた。

誠の強張っていた身体からふっと力が抜けると、瞳が潤み始め、唇がわなないた。全身が小刻みに震えている。

「お願い。助けて……お母さんを助けて、僕のお母さんを助けてください」

ひとりで苦しんできた誠の心情を慮ると哀しくなり、長谷川は思わず訊いた。

「どうして今まで本当のことを話してくれなかったんだ」

「お母さんから言われたんだ。お父さんが暴力をふるっていることは……人に話したらダメって。誰かに知られたら、お母さんは殺されちゃうから、絶対に言ったらいけないって」

長谷川はライフバンドの検査のときに伝えた、「声なんて出せなくてもいい。ライフバンドを使用してくれれば、必ず我々が助けに行きます」という失言を悔やんだ。それは、とても傲慢で浅はかな台詞だったのだ。忸怩たる思いが込み上げてくる。声に出して教えてもらわなければ、保護児童が抱えている絶望や悲しみに気づけなかった。

誠は、しゃくり上げながら言った。

「今朝、お母さんは……お父さんが大切にしている大学の卒業記念にもらったマグカップを割ってしまったんだ。お父さんが会社から帰ってきて、いつも使っているマグカップがないってわかったら、お母さんは殴られるから……だから僕は、お母さんに一緒に逃げようって言ったんだ。だけど、お金も仕事もないのにどうやって生活していくの、って言われて……どうすればいいのかわからなかった」

部屋に重い沈黙が立ち込め、しんと静まり返った。少年のすすり泣く声だけが響いていた。

今夜、母親がひどい暴力をふるわれるのを予想できた誠は、自分でもどうすればいいのか判然としないまま、児童救命士に助けを求めたのだろう。声に出せなくても、児童救命士なら助けてくれると信じたのだ。けれど、理由を言わなければ、家に帰れなくなることを知り、一度はいじめられていると嘘をついた。家に帰れなければ、息子の教育がしっかりできていないと怒られ、母親が暴力をふるわれるからだ。

長谷川は、気になっていた疑問を尋ねた。

「お父さんは、暴力をふるう前に膝を揺らす癖があるんだね」

誠は驚いたように目を丸くしたあと、ゆっくりうなずいた。

「いつも膝をカタカタ揺らしたあと、暴力が始まるんだ」

「どうして自分が虐待されていると嘘をついたの？」

「お父さんの怒りが……僕に向けば、お母さんは助かるでしょ？　お母さんを助ける方法は……それしかないと思ったんだ」

ライフバンドを使用したせいで、母親が危険にさらされると悟った誠は、必死で考えを巡らせ、自分が虐待されていると証言したのだろう。

誠は険しい表情になると、神妙な面持ちで確認した。

「児童救命士は嘘をつかない？　絶対に助けてくれる？」

長谷川は拳を強く握りしめ、両足に力を入れてから答えた。

「僕たちが、必ず誠君のお母さんを助ける」

「約束だよ。もし破ったら、お母さんが殺されたら……あんたは地獄に落ちるからね」

重い言葉を投げられ、身体の芯が凍った。けれど、顔をくしゃくしゃにして泣いている少年を目の前にして、怯えている場合ではない。

長谷川は覚悟を決めて、再度「約束する」と誓った。

救えなかったら地獄に落ちる。それでも胸を張って約束しなければならないときがある。

改めて、過酷な仕事だと思い知った。

6

須藤家へ車で向かう道中、少しも気が休まらなかった。

ハンドルを握る手が汗ばんでいる。焦燥感に突き動かされ、アクセルを強く踏んだ。

「サイレンと赤色灯を使えないんですか」

長谷川は、助手席にいる新堂に目を向けながら訊いた。

「使えるのは通信指令センターから出動命令が出たときだけだ。それ以外は本部の許可が必要だ」

「緊急なのに……公務員体質ですね」長谷川は内心で舌打ちした。

「お前は地獄に行きたくないから焦っているのか」

新堂のその言葉を聞いて我に返り、アクセルから足を上げた。

「保身だけじゃありません。母親の安否が気になるからです」

「スピード違反で捕まれば、間違いなく時間のロスになる。警察には連絡したんだから少し落ち着け」

「新堂さんは心配じゃないんですか」

「俺は約束してないからな。地獄行きの約束をするなんて、お前はバカだよ。この世を生きるのも大変なのに、あの世に行ってからも地獄が待っているなんて、泣きたくなるね」

「この仕事は想像以上にきついですね」

「新人がその事実に気づけるのは奇跡だ。お前は運がいい」

「そんな事実に直面したくなかったです」

「たまにいいことだってある」

「たとえば？」

「俺たちは……救った人間に救われることがある」

新堂は物憂(ものう)げな表情で答えた。

長谷川は以前から気になっていたことを尋ねた。

「どうしてこの仕事を選んだんですか。相田から、新堂さんは自ら異動願いを出したって聞いたんです」

通常は、児童救命士の試験に合格した者が、児童保護署に配属される。けれど、署長や初期メンバーの一部には、厚生労働省の他課で働いていた職員も含まれていた。彼らの多くは、自ら異動願いを出し、児童保護署で働いているようだ。

「お前ら新人は週刊誌なみの情報量だな。俺が異動願いを出したのは、子どもが嫌いだからだ」

いつもなら苛立つ新堂との会話が、今夜はやけに心地よかった。これから起こる出来事を想像したくなくて、沈黙を避けたかっただけかもしれない。

「冗談はいいです。本当の理由を教えてください」

「俺は死ぬまでに嫌いなものをなくそうと思っているんだ。あぁ、ちなみに大人も嫌いだ」

「それって人間が嫌い、ってことじゃないですか」

「人間なんて大嫌いだよ」

新堂は窓の外を見やりながら、「自分自身もな」と小声で付け加えた。

長谷川は愚問だとわかっていたが、訊かずにはいられなかった。

「あの世には、本当に地獄があると思いますか」

誠に言われた、お母さんが殺されたらあんたは地獄に落ちるからね、という言葉が、耳の奥で繰り返し響いていた。

「さぁな。だが、お前が本気で……」

そう言うと新堂は、どこか哀しげな表情で続けた。「本気で誰かを救済したいなら、自分自身も傷つく覚悟が必要だ。救えなかったとき、己も絶望の底なし沼に引きずり込まれるからだ。それほど人を救うということは難しい。それでも覚悟を持って進むなら、俺もお前と一緒に地獄に行ってやる。だから現場では堪えろよ」

言葉の意味が理解できず、訊き返そうとしたとき、焦燥感(しょうそうかん)を煽(あお)る赤色灯が目に飛び込んできた。胸を突きさすような真っ赤な光は鼓動を速くさせる。

須藤家の前の道には、救急車が一台とパトカーが二台とまっていた。

周囲には、人が大勢集まっている。パジャマ姿の者もいた。きっと近隣住民たちだろう。

長谷川は少し離れた場所に車をとめると、すぐにドアを開け、門まで駆け出した。

須藤家は、広い庭のある二階建ての家だった。玄関の方が騒がしくなり、視線を向けると、救急隊員が担架を運び出そうとしていた。

長谷川が庭に足を踏み入れた途端、制服の警察官が目の前に立ち塞(ふさ)がった。彼は怪訝(けげん)な表情で、長谷川の全身に目を走らせる。

逸(はや)る気持ちを抑え、児童救命士の手帳をかざすと、警察官は渋々道を開けた。厚生労働省の麻薬取締官と警察官の間には、不仲説が囁(ささや)かれている。縄張り争いがあるという噂だが、市民の命を守るのは警察だと思っている彼らからすれば、児童救命士も目障(めざわ)りな存在らしい。

長谷川は、担架に横たわっている佳代子の姿を目にした瞬間、背中に怖気(おぞけ)が走った。血の気が引き、全身が冷たくなる。

面談室にいたときは、こんな未来になるなんて想像もできなかった。なにも気づけなかったという自責の念に駆られた。

佳代子は、目を覆いたくなるような無残な姿だった。

顔は腫れ上がり、鼻は潰れ、皮膚は赤黒く変色し、口から血を流している。

長谷川が近寄ると、佳代子は暗い空洞のような目で「誠……だから人に話してはダメって言ったじゃない」とつぶやいた。

家の中から男の唸り声が響いてくる。ガラスが割れる音がした。まだ暴れているのかもしれない。

長谷川は身体が熱くなり、拳を強く握りしめた。激しい怒りが腹の底から込み上げてくる。誠と佳代子は理不尽な暴力に怯えながら、どうすることもできない耐え難い日々を過ごしていたのだ。ふたりの気持ちがわかるまで、同じように智之を殴りつけてやりたいという衝動に駆られた。

ふいに、「現場では堪えろよ」という声がよみがえってくる。

長谷川は、初めて言葉の意味を理解した。事前に警告を受けていなければ、家の中に駆け込んでいたかもしれない。

「よかったな。どうにか地獄行きは免れたようだ」

後方から声が聞こえて振り返ると、新堂は静かに天を仰いでいた。救急車の回転灯の光で、頬が赤く染まっている。まるで誰かを悼んでいるようにみえた。

長谷川は声を振り絞った。

「こんなひどい境遇……誠君があまりにもかわいそうです」

「大人がガキなら、子どもが成長するしかない。それに……」

新堂は一呼吸おいてから言った。「子どもの頃、つらい境遇で育った者が、愚かな大人になるわけではない。苦労を経験した者は、将来立派な人間になる。仮にそれが完全なる真実ではないとしても、俺たちはそう信じて、傷ついた子どもたちに言い続けてやればいい」

その言葉は綺麗ごとではない気がした。自信を持って言い続ければ、誰かの希望になることもあるはずだ。けれど、絶望を味わった子どもたちに、胸を張って不確かな言葉を言えるだろうか――。

「この仕事……僕には向いていないかもしれません」

「お前だけじゃない。どの職業に就いても、そう思う瞬間は誰にでもある」

けたたましいサイレンの音が鳴り響く中、新堂は今まで見せたことのない苦渋に満ちた表情をしていた。まるで悔恨の念に苛まれているようだった。

長谷川は、ある疑念が湧いた。

「いつから気づいていたんですか」

その問いに、新堂は逃げずに答えた。

「面談中だ。母親だけが椅子の背もたれに背中をつけていなかった。須藤誠が、背中を叩かれていると言ったときになんとなく気づいた」

「だったら、どうしてもっと早く警察に連絡しなかったんですか」

「俺たちが守るのは大人じゃない」

長谷川は言葉を失った。

新堂だから冷たいのか、それとも児童救命士だから偏った考えになるのか――。どちらにしても、あれほど傷ついた母親を目にしたあとに言えるような台詞ではない。

少しだけ距離を縮められた気がしたが、それは勘違いだったのだ。新堂は底知れぬ闇を抱えているような気がした。


江戸川児童保護署に戻った長谷川は、調査報告書専用のフォーマットに須藤誠の情報を入力した。キーボードを打つ手が、やけに重い。今しがた見た佳代子の痛ましい姿が脳裏に焼きつき、どうしても消し去れない。個人情報を入力しただけで、調査報告書を仕上げる作業は一向に捗らなかった。

部屋には、出動命令を待っている当番の児童救命士たちと里加子がいる。一緒に署まで戻ってきたのだが、どこに行ったのか、新堂の姿はなかった。

静まり返った部屋には、空調機の音だけが響いている。

「今回の案件は、少しきつかったね」

里加子は労うようにそう言ってから、近くの椅子に腰を下ろした。きっと、新堂から報告が上がっているのだろう。

　里加子は帰宅する前なのか、手にはバッグを持っている。

「僕らが無理やり一時保護したから……保護児童の母親に重傷を負わせてしまいました」

長谷川は、自分でも驚くほど暗い声で申告した。自分に落ち度はなかったのか、先刻から不安が拭えなかった。

「ドメスティックバイオレンスの相談件数は年々増加している。配偶者から暴力を受けて殺されてしまう事件も起きている。今回、長谷川君たちが気づかなければ、夫の暴力はもっとひどくなり、彼女はいつか命を失っていたかもしれない。それに、この先父親の暴力が子どもへ向かう可能性も否定できない」

　母親を心配していた健気な少年の姿を思い出すと、胸が締めつけられた。

「誠君は、また母親と暮らせる日が来るのでしょうか」

「母親にはカウンセリングが必要ね。精神的に夫に支配されたままでは、子どもは育てられないから。一緒に暮らすのは、しばらく難しいわね。けれど、児童救命士を続ける以上、『本当の親に育てられるのがいちばんの幸せ』、そういう考えは捨てた方がいい。国家保護施設で育った子どもたちの多くは優秀な人間になると思う」

　三年前に設立された国家保護施設は、親から離れて暮らす選択をした子どもたちが入る施設だった。とても厳しい規則があるようだが、国費で様々な教育が受けられ、向上心のある者にとっては利点が多い。

高校への進学はもちろんだが、第二外国語や囲碁、ダンス、水泳教室などにも通える。成績優秀者には、大学の授業料も国から支給される。国家保護施設は、この国に利益をもたらす人材を育てることを目標にしているのだ。けれど——。

両親の背に向かって、追いすがるように「お父さんごめんなさい！」「お母さんごめんなさい！」と泣き叫んだときの誠の顔がどうしても忘れられない。

「どんなに最低な親だとしても、それでも、子どもは親と一緒に暮らしたいんだと思います」

「それなら、親から独立して施設に入った子どもたちはみんな不幸？」

「そう断言はできませんが……」

「子どもの頃は不幸でも、いつか大人になり、『生きていてよかった』と思える日が来るかもしれない。それまでは、なにが正しいのか答えは誰にもわからない。だから、なによりもその日が来るまで、大人になるまで生きていてくれることが大切なんだと思う」

里加子はそう言ったあと、「これは新堂君の受け売りね」と言って笑った。

「新堂さんという人が、僕にはよくわかりません」

「みんな同じよ。新堂君のことを理解できる人なんていないんじゃないかな。長い付き合いだけど、私もわからない。けれど、新堂君がパートナーでよかったと思える日がきっと来ると思う」

「優秀だからですか」

「うちの離職率は異常な高さだよね」

離職率が高いという話は、研修の初日に教えられた。新人の夢や希望をぶち壊す話だった。

「厳しい仕事なのに、新堂君とパートナーになった新人は辞めないし、他の署に配属になっても、みんな優秀な児童救命士として活躍している」

偶然、パートナーになった新人が優秀な人間だったのか、それとも新堂になにかあるからなのだろうか――。

里加子は、長谷川の気持ちを察したのか、笑いながら言った。

「いつか理由がわかったら、こっそり教えてね」

里加子は「ごきげんよう」と、優雅に手を振りながら部屋を出て行った。

新堂は当番なのに、深夜を過ぎても署に戻って来なかった。無線で呼び出されたら、すぐに出動できるように管轄内にいればいいのだが、どこかでサボっているのかもしれない。

結局、夜が明けても姿を見せなかった。

出勤時刻が近づくと、救命部に交代の児童救命士たちが入ってくる。

「新堂は、定時で上がるそうだ」

長谷川が顔を上げると、斜め前の席にいる国木田と目が合った。

「定時で上がるって……当番だったのにどこにいたんですか」

国木田は困り顔で言った。

「こっちが訊きたいよ。腕を負傷したから病院に行くようだが、昨日なにかあったのか？」

病院？　新堂からはなんの連絡もない。

「特に変わった様子はありませんでした」

「どうせあいつのことだから、ストレスが溜まって、またバッティングセンターにでも行って腕をおかしくしたんじゃないのか」

後ろから次長の鈴木康介が、話に加わってきた。

国木田は、鈴木に同意するように苦笑いを浮かべたあと、相田に調査報告書の書き方を細かく指導し始めた。苛立つほど羨ましい光景だった。

長谷川も非番になったので定時で上がろうと思っていたが、新堂からメールが届いた。

——一時保護所にいる須藤誠の様子を見てきてくれ。

これから誠の案件は、児童相談所の職員に引き継がれる。それなのに、なぜ会いに行けというのだろう。誠のことは気になっていたが、どんな顔で会えばいいのかわからなかった。母親に重傷を負わせてしまったのだ。その謝罪をしろというのだろうか。しかも新人ひとりで——。考えれば考えるほど不可解で、暗澹とした気持ちに沈んでいく。

一時保護所に車で向かう間、幾度も不安に襲われた。

智之は、これから傷害罪で起訴されるだろう。佳代子は、しばらく病院に入院することになった。その事実を突きつけられた誠は、どう思うだろう。母親の身をひどく案じていた誠の姿を思い出すと、胸に暗い影がさした。

一時保護所の近くにある駐車場に車をとめ、陰鬱な気分を抱えたまま外に出た。

秋晴れの青空の下、緩やかな坂をのぼると、額に汗が滲む。数時間の仮眠は取れたが、まだ長時間労働には慣れない。心身を脱力感が覆っているせいか、歩くのも面倒になる。

しばらく進むと、右手に一時保護所が見えてきた。施設の外には、子どもたちの姿はなく、ひっそりと静まり返っていた。

一時保護された者は、外出は許されず、学校にも通えない。行き先が決定するまで、どこにも行けないのだ。

誠は会ってくれるだろうか——。

不安を覚えながら玄関付近に目を向けると、小さな人影が見えた。少年は地面に座り込み、顔を伏せている。迷子になり、泣き疲れ、どこに行けばいいのかわからない幼子のようだった。

顔を上げた誠と視線がぶつかった。彼は緩慢な動きで立ち上がる。その表情からは、感情はまったく読み取れない。罵(ののし)られても仕方ない。長谷川は覚悟を決めた。

誠はゆっくり歩いて来ると、少し距離を置いて立ちどまった。

長谷川は、最初に謝罪しなければならないと思い至って尋ねた。

「お母さんが入院したのは知っている？」

誠は、黙したままうなずいた。

一時保護所の職員から現状を教えてもらったのかもしれない。きっと、母親の怪我の状況も聞いているはずだ。

長谷川が謝罪しようとすると、誠は驚くような言葉を口にした。

「助けてくれて……ありがとう」

予想外の言葉に目の奥が熱くなり、鈍い痛みが全身を駆け抜けた。慎重に言葉を探したが、出てきたのは頼りないほど素直な気持ちだった。

「ごめん。助ける、って約束したのに、力が足りず……君のお母さんにひどい怪我を負わせてしまった。君は全力でお母さんを救おうとしていたのに……」

「違うよ。それだけじゃない」

誠はシャツの裾(すそ)を握りしめ、素早く捲(まく)った。

強く頬を張られた気がした。膝が小刻みに震えてくる。湧き上がる感情は、怒りなのか、哀しみなのかもわからない。

「僕も……助けてほしかったんだ」

誠の腹には、赤黒い打撲の痕がいくつも残っていた。

「お母さん、プールの時期が終わると僕を蹴ったり……叩くんだ。お母さんの心が救われないと、僕は叩かれ続けるでしょ」

誠の瞳に涙があふれてくる。「お母さんをいちばんに助けたかったのは本当だよ。嘘じゃない。でもね、僕も助けてほしかったんだ。それって悪いこと？」

長谷川は急き上げてくる嗚咽を堪え、必死に声を絞り出した。

「悪くない……君は悪くない」

真実に気づけなかったのが情けなかった。この少年は、心にどれほどの傷を負っていたのだろう。誠の抱えていた苦しみが、恐怖が、哀しみが、胸に大波のように押し寄せてくる。

ふいに、新堂が面談室で訊いた「好きな季節を教えてもらえますか？」という質問がよみがえる。夏はプールの授業があり、肌の露出が多いため、叩かれることは少なかったのだろう。無意味に思える会話の中に、真実が隠されていたのだ。あの時点では証拠はつかめていなかったが、新堂は既になにかを感じ取っていたのかもしれない。

長谷川は自分の非力さを痛感し、無力感に打ちのめされた。

誠は、ライフバンドがついている左腕を空へと高く突きあげた。

「助けてほしいときは、またライフバンドを使うからね」

誠はそう言ってから、無邪気に笑ってみせた。

救った人間に、救われることもある。今なら理解できる。

親が大人になりきれないならば、子どもが大人になるしかない。本来はそんな環境は正しくない。けれど、常識を超える考えが必要なときだってある。

二度とライフバンドを使うような状況は起きてほしくない。それでも、いつか使わなければならない日が来るなら、何度でも助けに行きたいと思った。子どもたちの心に寄り添える児童救命士として——。

長谷川は、誓いを込めて拳を空へと高く突きあげた。

第二章　ギトモサイア

1

瞼が重くなり、パソコンの画面がぼやけて見えた。

先刻から猛烈な睡魔が容赦なく襲いかかってくる。そのせいで頭はぼんやりしていた。長谷川は眠気を振り払うために立ち上がり、腕を伸ばして軽くストレッチをした。けれど、また席につけば眠りに落ちそうになる。夜勤は睡魔との闘いでもあった。

壁時計に視線を送ると、深夜の二時を回っている。

江戸川児童保護署に配属になってから一ヵ月が過ぎようとしていたが、まだ夜勤には慣れない。夜がくれば自然に眠くなる。子どもの頃から身につけた習慣は、そう簡単には変えられないようだった。

あくびを噛み殺しながら隣席に目を向けると、自分の腕を枕にして、すやすや眠っている新堂がいる。年齢のわりに皺が少ないせいか、少年のような寝顔だった。その健やかな寝顔は苛立ちを助長する。

長谷川は感情を抑えきれず、キーボードを強く打ち、調査報告書を仕上げていく。けれど、どんなにうるさくしても目を覚ます様子はなかった。

二十四時間勤務の当番の日は、児童救命士たちは交代で仮眠を取るのだが、今は新堂の番ではない。出動命令に備えて起きていなければならないのに、完全に熟睡していた。

「新堂は、子犬並みの睡眠が必要らしい」

苛立っているのを察知したのか、国木田が声をかけてきた。

国木田は厳格な性格なのに、新堂には甘い気がする。長谷川は、自分がうたた寝をしたらどうなるのか試してみたい衝動に駆られたが、結局、大胆な行動は取れなかった。

部屋の奥にある電子黒板の横には、一際大きな机がふたつある。署長と次長の机だ。ふたりはいつも定時で上がるのだが、次長の鈴木は児童保護本部から頼まれた仕事があるようで、珍しく残っていた。

「ここまで堂々と寝られると腹も立ちますよ。こっちだって疲れているのに」

長谷川がぼやくと、正面の席にいる相田が口を開いた。

「俺のパートナー、国木田さんでよかった」

相田の安堵（あんど）しているような表情を見ると、先輩に媚（こ）びているのではなく、本心から出た言葉のようだ。

国木田は、まんざらでもない顔つきで笑みを浮かべた。いつも厳つい顔をしているが、笑うと目尻（めじり）が下がり、優しい表情になる。

深夜は眠っている子どもたちが多く、出動命令はほとんどかからない。配属当初は出動命令に備えて身構え、常に緊張を強いられていた。けれど、須藤誠の案件後は、特に事件はなく穏やかな日々が続いている。

児童救命士は抱えている案件がないときは、管轄内にある繁華街や商業施設などの巡回業務を行う。巡回中、問題のありそうな児童やライフバンドを装着していない者はいないかどうか確認していくのだ。装着していない児童を発見した場合は、すぐにライフバンドをつけるよう促す。その後、児童の氏名や未装着の理由などを報告書に記入し、署長に提出しなければならなかった。

次の瞬間、相田がびくりと身体を震わせた。

青ざめている相田の視線を追うと、救命部のドアの上部にある回転灯が赤く点灯している。左耳のイヤフォンと天井にあるスピーカーから同時に出動命令が流れた。

――通信指令センターより、江戸川児童保護署へ緊急出動命令です。江戸川区上篠崎(かみしのざき)一丁目××にて、救助要請あり。要救助者の名前は東三条美月(ひがしさんじょうみつき)、八歳。繰り返します。

室内の空気が一気に張り詰める。

長谷川は鼓動が速まるのを感じた。耳から外界の音が消え去り、頭の中が真っ白になる。身体も凍りついたように動かない。

「長谷川、おい、長谷川!」

国木田の怒声に我に返り、反射的に立ち上がった。

「第一出動は、お前らだぞ」国木田は、今度は穏やかな口調で言う。

「新堂さん、出動命令です」

長谷川がそう言いながら隣を見やると、眠っているはずの新堂の姿はなかった。

「新人、早く来いよ」

新堂はドアの前に立ち、ジャケットを着ながら眠そうに目をこすっている。

長谷川は固まっている足をどうにか前へ出した。初めての出動命令が、こんなにも緊張するものだとは思ってもみなかった。

急いで救命部を出て、長い廊下を駆けていく。何度も足がもつれて転びそうになりながらも、必死に先輩の背中を追いかけた。

素早く運転席に乗り込むと、カーナビを起動する。

カーナビは、通信指令センターから送られてきた要救助者の位置情報を表示していた。

耳の奥からトクトクと鼓動音が響いてくる。冷静になれ、そう自分自身に言い聞かせてみるも、まったく効果はなかった。

ブレーキを踏みながら、エンジンスイッチを押した。運転席と助手席の間にあるセンターコンソールに手を伸ばし、『赤色灯』と『サイレン』のボタンを押す。

鳴り響く甲高いサイレン音は、子どもの悲鳴のようで、一刻も早く助けたいという思いが心の奥からあふれてくる。胸には、それとは相反するような恐怖心も芽生えていた。失敗は許されないという責任が、肩に重くのしかかってくる。アクセルを踏む足は、みっともないほど震えていた。

「お前とは心中したくないから、運転は慎重にね」

助手席にいる新堂に言われ、恥ずかしくて顔がかっと熱くなった。動揺しているのを完全に見抜かれている。情けなくて気持ちが萎縮してしまう。

「新堂さんは初めての出動命令のとき、緊張しませんでしたか？」

「どうだったかな。覚えてない」

いつのことなら覚えているんですか、と言ってやりたかったが、このまま会話を続けたら、本当に事故を起こしてしまいそうなので運転に集中した。

いつもの習慣で、赤信号を目にすると徐行ではなく、完全に停車してしまいそうになる。恐怖を覚えながらも、アクセルを踏み続けた。深夜なので車が少ないのがせめてもの救いだ。けれど、やけにパトカーが多く走っている。どのパトカーもサイレンは鳴らしていない。この近辺でなにか事件でも発生したのだろうか——。

通信指令センターから指示された現場は、樹木が生い茂る広大な公園だった。

公園の近くに車をとめると無線から新たな情報が入る。要救助者は南東側の公衆トイレ付近にいるらしい。

地図を確認してから車外に出ると、懐中電灯を片手に指示された場所へ急いだ。静寂に包まれた公園に、ライフバンドのサイレン音が鳴り響いている。

人通りの多い時間帯なら、サイレン音を耳にした通行人が集まっていたかもしれない。

遊歩道には外灯が設置されているが、数は少なく、ほとんどが暗がりだった。

まだ八歳の少女が、深夜にひとりで公園にいるのに違和感を覚えた。なにかの事件に巻き込まれた可能性が高い。

公衆トイレに近づくにつれ、サイレン音は大きくなっていく。

指示された場所にたどり着くと、女子トイレの手洗い場付近に、ひとりの少女が佇んでいた。胸まである長い髪。切れ長の瞳で、こちらをじっと見つめている。まるで野良猫が警戒して、様子を窺っているようだ。

懐中電灯で照らして全身を確認したところ、少女に怪我はなさそうだった。

「東三条美月ちゃんだよね？」

長谷川がなるべく優しい声で尋ねると、美月はゆっくりうなずいた。少女の細い腕を取り、ライフバンドの指紋認証スキャナに親指を当て、サイレン音をとめた。

「僕らは児童救命士だから、もう心配しなくても大丈夫だからね。どこか痛いところや怪我はないかな？」

長谷川は屈んで、美月と視線を合わせながら確認した。

美月は、しばらくしてから奇妙な言葉を放った。

「ギトモサイア」

外国語？　英語じゃない。何語だろう……。

長谷川が困惑していると、新堂は通信指令センターに無線で報告した。

「こちら江戸川児童保護署の新堂。要救助者を発見しました。どうぞ」

通信指令センターから「了解」という声が響いた。

突然、車のヘッドライトの明かりが差し込んでくる。次にドアを開く音が聞こえ、誰かがこちらに向かって駆けてくる姿が見えた。

「お前ら、運がいいぞ！」

そう叫んだのは、鈴木だった。

長谷川は、状況が理解できなくて尋ねた。

「どうして次長が現場に？」

「東三条美月ちゃんは、昨夜から行方不明だったらしい。篠崎駅の防犯カメラに美月ちゃんの姿が映っていて、うちの署に警察から連絡があったんだ」

先程、パトカーが何台も走行していた理由がわかった。きっと、美月の捜索をしていたのだろう。児童が行方不明になった場合、お互いに情報を共有して捜査に当たればいいのだが、警察との協力体制が整っていなかった。警察は入手した情報や捜査状況が漏洩するのを恐れているのだ。

鈴木は額の汗をハンカチで拭きながら、勝ち誇ったような顔で声を上げた。

「警察はもうじき公開捜査に踏み切るところだったらしいぞ。俺たちの手柄だ。こういう案件が増えれば、ライフバンドの必要性も再認識してもらえる。国からの予算が増えるかもしれない。署長の喜ぶ顔が目に浮かぶよ」

保護児童の前で口にする内容ではないが、鈴木の気持ちもよくわかる。国の財政が逼迫している中で、児童福祉関連の予算額を増やしてもらえるかどうかは死活問題なのだ。

再び周囲が明るくなると、公園の前の道に車が急停車した。スーツ姿の男が、こちらに向かって歩いてくる。男は、後ろに若い女を連れていた。

年配の男は、手帳を見せながら事務的に頭を下げた。

「深川警察署の西田と申します」

「私は河野です」

西田は、おそらく四十代前半。上背があるが、身体の線は細い。落ち着いた雰囲気の男だった。河野は、長谷川と同じ年くらいの二十代前半。背筋を伸ばし、凛としている。きっと、西田の部下だろう。

河野は、素早く美月に駆け寄り、穏やかな声音で「東三条美月ちゃん?」と尋ねた。

美月は、無表情を崩さずにうなずいた。

「行方不明児童を保護してくださり、ありがとうございました」

西田が穏やかな声で礼を述べると、鈴木は普段よりも低い声で尋ねた。

「この辺の管轄は小岩（こいわ）警察署のはずですが？」

「美月さんの家は江東（こうとう）区なんです」

「ということは、江東区からここまでひとりでやってきたんですか？」

鈴木が驚くのは無理もない。小学三年の児童が歩ける距離ではないからだ。そういえば、駅の防犯カメラの映像に映っていたと言っていたが、ひとりで電車に乗り、ここまで来たのだろうか――。

「詳しい状況については、これからこちらが責任を持って確認します」

河野がそう言うと、鈴木は主張するように一歩前へ出た。

「そちらに主導権があるのはわかっています。ただ、ライフバンドを使用した以上、彼女は保護児童になります。すんなり家に帰して、親に問題があった場合は大変なことになる」

西田は、煩（わずら）わしそうな表情を浮かべながら声を発した。

「よく理解しておりますので、ここからは我々を信用してお任せください」

警察が通報を受けた案件は、彼らが主体となって捜査する決まりになっている。そこで家族の問題だとわかれば、警察と連携を取り、今度は児童救命士が調査に乗り出す。

「親に問題がある場合も少なくないので、児童からの聞き取りは慎重に行ってください。親を刺激して、虐待がひどくなるケースも考慮に入れて、しっかり対応してもらいたい」

心配性の鈴木が要求をぶつけると、河野は呆れたような顔つきで言葉を返した。

「あなた方は親を疑うのが仕事かもしれませんが、美月さんの親御さんは、娘さんを心の底から心配しています。憔悴しきっています」

鈴木は不快感を露わにしながら言い返した。

「いや、我々は無闇に親を疑ったりはしません。様々な可能性を視野に入れて考えているだけです。あなた方だって、被害者の身内を疑うことがあるでしょ？」

西田はとりなすように「まぁ、そうですね」と返答してから、「美月さんを車に乗せろ」と指示を出した。河野は、「さぁ、行きましょう」と優しく声をかけ、美月と手をつないで車に向かって歩いて行く。

西田は、「ありがとうございました」と事務的に頭を下げてから踵を返した。

少女の小さな背中には、なぜか哀愁が漂っているように見えた。

「ライフバンドのおかげで早期発見できた。俺たちの出番は終わりだが、とにかく保護児童が無事でなによりだ」

鈴木は少し悔しそうな表情で、彼らの背中を見送りながら言った。

長谷川は「そうですね」と返答したが、胸に妙な違和感が残った。けれど、違和感の源がどこにあるのか判然としなかった。

救命部に戻ったのは、東の空が白み始める頃だった。

長谷川は、朝の八時半から非番になるので、なるべく早く美月の調査報告書を書き上げようと試みた。けれど、先刻から答えの出ない疑問ばかりが湧いてきて、キーボードを打つ手がとまってしまう。警察は、美月からしっかり話を聞いてくれただろうか。

調査報告書の作成が捗らないので相談したかったが、新堂には期待できない。いまも隣席で、すやすや眠っている。緊張を強いられる出動命令のあとに、あっさり眠れる図太い神経が羨ましい。

「ギトモサイア……ギトモ……」

新堂は目を閉じたまま、あの奇妙な言葉を繰り返しつぶやいている。

寝言だろうか。それとも起きているのか——。

長谷川は、パソコンの画面に目を向けたまま訊いた。

「美月ちゃんが言っていた言葉の意味がわかるんですか?」

「意味はわからないが、妙に趣を感じさせる」

新堂は目を開けると、上半身をゆっくり起き上がらせた。

長谷川は、思わず胸に溜まっていた不安を口に出した。

「気がかりなことばかりで、報告書をうまくまとめられません。もしも迷子ならもっと早くライフバンドで助けを求められたはずです。どうして深夜だったのでしょうか」

美月の奇妙な行動に道筋をつけようと試みるも、謎は深まるばかりで、なにひとつ解明できない。

新堂は黙したまま、起動していないパソコンの画面を眺めていた。珍しく、思案顔で腕組みしている。

電話を終えた鈴木が立ち上がると、仏頂面のまま近寄ってきた。

「深川署から連絡があって、美月さんは無事に自宅に戻ったそうだ」

長谷川は疑問を口にした。

「自宅から遠いのに、どうして江戸川区の公園にいたんですか」

鈴木は顎(あご)を撫でながら答えた。

「昔、あの近辺に住んでいたらしい。それで、懐かしくなって行ってみたくなったそうだ」

「小学三年の少女が昔を懐かしんで、ひとりで行くものでしょうか。それに、なぜ深夜にライフバンドを使用したのかも疑問です」

「迷子になったようだが、ライフバンドの存在を忘れていたらしい。あの時間に思い出して助けを求めたと供述しているようだ。不自然に感じたから、管轄の江東児童保護署に連絡して、その後の確認とケアを依頼してみるも、警察が絡んでいる案件は関わりたくないそうだ。向こうの署長は、うちとは違ってずいぶん保守的だからな」

児童救命士は、基本は決められた管轄区域の仕事を行う。けれど、人手が足りなくなれば、管轄外の署に応援を要請し、協力してもらうこともあった。

長谷川は、美月のことが気になり頼んだ。

「もし江東署がやりたがらないなら、僕に確認させてもらえませんか？　案件終了の報告書を出したあとになにか問題があれば、次長にもご迷惑がかかりますから」

鈴木は「う～ん」と唸り、しばらく考え込んでから口を開いた。

「署長に報告したら、『状況を確認してください』と指示するだろう。ただ、管轄外にいるときに江戸川署の仕事に手落ちがあれば問題になるから、調査はできるだけ非番の日にやってくれよ」

簡単に言えば、やりたければ勤務時間外に行えということだ。それでもかまわない。

「では、美月ちゃんの案件、しっかり調べてみます」

「一週間もあれば片付くよな？」

「たぶん、問題がなければ……」長谷川は曖昧(あいまい)な返事しかできなかった。

「とにかく、短い期間で報告書を上げて、江戸川署の仕事も抜かりないようにな。それから、警察も動いている案件だから粗相のないようにしてくれよ。あと、管轄外で調査をするときは署長の承認が必要だから、ちゃんと報告しておいて」

大胆な署長の里加子とは違い、鈴木は思慮深い性格だった。ちょうどバランスがとれているのかもしれない。

鈴木は、あくびを連発している新堂を見やりながら言った。

「おい、新堂も一緒に調査してくれよ。新人ひとりに任せて問題を起こすなよ」

新堂は眠そうな顔で「は～い」と返事をした。

鈴木が自席に戻るのを見計らってから、新堂は小声で「お前ひとりでやれよ」と囁いた。

「どうしてですか、僕らはパートナーじゃないですか」

「お前、この国の離婚率を知っているか？　三組に一組が離婚しているんだぞ。パートナーって言葉に甘えるな」

なぜ離婚率を持ち出すのか意味がわからなかったが、長谷川は「確認くらいひとりでできますから、新堂さんがいなくても平気です」と投げ捨てるように言ってやった。期待した自分が馬鹿だったのだ。

新堂はとびきりの笑顔を見せて「粗相のないようにな、新人」と肩を叩いた。

長谷川は心中で舌打ちした。期間は一週間しかない。冷静に頭を働かせ、これからの計画を練り、整理する。

署長の里加子が出勤してきたので現状を報告したあと、アポイントメントを取るために美月の自宅に電話をかけた。平日の午前十時だったが、二コール目で優しげな男の声が耳に飛び込んできた。電話に出たのは、父親だった。予想外で驚いたが、美月は小学校に行ったという。発見された時刻は深夜で、帰宅したのは明け方のはずだ。てっきり今日は休ませていると思ったが、違うようだ。父親曰く、本人が登校したいと言ったらしい。

長谷川は、学校から帰る時間を考慮し、夕方に美月の家に向かうことにした。

2

腰の高さくらいある白い塀の奥には、瀟洒な三階建ての洋館がある。

周囲には平凡な民家が多いので、やけに目立っていた。広々とした庭の隅には、別棟の離れ家まである。離れ家は、まるで童話に出てきそうなかわいらしい三角屋根、窓は丸い形をしていた。

夕日に染められた洋館や離れ家を眺めていると、異国の地を訪れた気分になる。

長谷川は、玄関の横にあるチャイムを押した。インターホンのスピーカーから「はい」という声が響いてくる。電話で約束したことを告げてから、しばらく玄関先で待っていると、重厚なドアが開いて、二十代半ばの青年が顔を覗かせた。

青年は家政夫なのか、腰下に巻くタイプのカフェエプロンをつけている。顔は小さく、脚はすらりと長い。エプロンさえなければ、モデルと見紛うような人物だった。

「あの、私は美月の父の東三条栄太と申します。昨夜は、娘が色々お世話になりました。本当にありがとうございました」

思わず年齢を尋ねたくなるほど若い。美月は八歳だ。かなり早い時期に子どもが生まれたのだろうか――。

定型的な挨拶を交わし、家に上がらせてもらった。

シャンデリアが吊るされている豪華な玄関は、人が住めそうなほど広く、廊下もかなり幅がある。案内されて入ったリビングには、白い革張りのソファや大理石のテーブルなど、値の張りそうな家具が並んでいた。生活感のない部屋は、まるでショールームのようだ。

長谷川は緊張しながら、入り口に近いソファに腰を下ろした。

栄太は、カウンターキッチンで飲み物の準備をしてから、こちらに戻ってきた。

「よろしければ、お召し上がりください」

テーブルに紅茶と白い皿に盛ったクッキーを丁寧に並べていく。洗練された物腰のせいか、栄太には中性的な魅力があった。

長谷川は「お気遣いなさらないでください」と伝えてから、部屋を見回した。耳を澄ましてみても、物音はいっさい聞こえない。

「美月ちゃんは、学校から帰られていますか？」

その問いかけに、彼の表情がさっと曇った。

「あの……すみません。今は近くにあるファストフード店にいると思います」

「なぜファストフード店に？」

栄太はソファに座ると、泣き出しそうな顔で訥々と語りだした。

「私は、美月とは血のつながった親子ではないんです。継父です。妻の知世から聞いた話では、美月の本当の父親は、二年前に家を出て行ってしまったそうで……。知世は、ヨーロッパのブランド品を多く取り揃えたECサイトを運営する会社を経営しております。バイヤーとして、ヨーロッパに買いつけに行くことが多いので、彼女が家を空けるときは、僕が美月の面倒を見ているんです。男が子育てをするなんて変に思われるかもしれませんが、僕は昔から料理や裁縫が得意で、もちろん子どもも大好きで、以前は保育士として働いていました」

真剣な表情で語る栄太は、とても真面目そうな人物だった。部屋は綺麗に片付いているし、調味料の多さからも料理が好きなのは伝わってくる。きっと、星やダイヤ、鳥の形をしたクッキーも手作りだろう。

長谷川は気になっていたことを尋ねた。

「失礼ですが、栄太さんはおいくつですか？」

「僕は二十七で、妻は四十一です」

最近は珍しくないのかもしれないが、十歳以上の年の差に驚いた。

ふたりが結婚したのは半年前。知世は子どものいる社員を支援するために自社ビルの中に保育園を設立し、保育士として採用した栄太と出会ったそうだ。

「先ほど、お料理が得意だとお聞きしましたが、なぜ美月ちゃんはファストフード店に？」

栄太は、うなだれるように視線を落としてから答えた。

「美月は、実父がとても好きだったんです。僕が料理を作っても食べてくれなくて……。ひどいときは、料理を吐き出してしまうこともありました。『パパが作ったスクランブルエッグの方がおいしかった』、そう怒鳴られたことも何度もあります。夕食を吐いてしまったときは心配で病院に連れて行きましたが、問題はないようでしたので、ストレスが原因だったのかもしれません。最近は、知世が家にいない日は、ひとりでファストフード店へ行くようになってしまって」

栄太は暗い声で続けた。「どんなに愛情があっても、努力しても、本当の父親には勝てないのかもしれません」

栄太が不憫になり、長谷川は慌てて首を横に振った。

「里親のもとで、とても幸せに、本当の親子のように育っている子どもたちもたくさんいます。時間はかかるかもしれませんが、僕は無理だとは思いません」

栄太は顔を上げると、こちらに強い眼差しを向けて言った。

「時間がかかるのは覚悟の上です。いつか本当の父親になりたい。美月の結婚式にはやけ酒を飲んで、泣いて、そんな普通の親子になりたいと思っています。でも、僕の力不足で……美月にはつらい思いばかりさせてしまって」

「時間はかかるかもしれませんが、あなたの美月ちゃんを大切に想う気持ちは必ず伝わると思います」

長谷川はうまい言葉が見つからず、ありきたりな台詞を口にした。それなのに、栄太は目に涙をため、唇を震わせて「ありがとうございます」と深く頭を下げた。

「まずは食事をしてくれることが大切なので、ファストフード店に行きたがるときは黙って見守っています。店の店長には挨拶に行きました。いつも七時前に帰ってきますが、美月には携帯電話も持たせ、いつでも迎えに行くから電話をしてほしいと伝えています」

一抹の疑念がよぎり、長谷川は尋ねた。

「携帯電話を持っているなら、なぜライフバンドを使用したのでしょうか」

「二日前から知世はフランスに行っていて、家にはいなかったので、僕には連絡したくなかったんだと思います」

どうしてそこまで気持ちが離れてしまったのだろう。その理由を栄太も必死に探している気がした。新しい父親だと言われても、美月はまだ素直に受け入れられないのかもしれない。実父が大好きだったのだから――。

栄太は哀しげな瞳で、おもむろに棚の上に置いてある写真立てに目を向けた。

写真には、栄太、知世、美月が写っている。微笑んでいるふたりとは違い、少女はどこか白けた表情をしていた。


東三条家を辞すると、栄太から教えてもらったファストフード店に向かった。その店は、家から七分ほど歩いた場所にある。全国に多店舗展開している有名なチェーン店だ。

店内には、スーツ姿の男性客、女子大生らしき四人組。カウンター席には、古稀に近いと思われる男性客がひとりいる。

店舗はあまり広くなかったので、すぐに美月を見つけられた。いちばん奥の窓際の席に、静かに座っている。窓の外に目を向けている姿は、どことなく寂しそうに映った。

長谷川はカウンターにいる若い男性店員に、児童救命士の手帳を見せながら小声で尋ねた。

「お仕事中、すみません。いちばん奥の窓際の席に座っている、青いワンピースを着た女の子は、この店に頻繁に来ているのでしょうか」

店員は責められていると勘違いしたのか、困惑した表情で早口に言った。

「いつもひとりです。でも、親御さんからも挨拶がありました。小学生ですが、お客様ですし……こちらも子どもひとりで来店しないでほしいとは言えません」

長谷川は笑顔で「そうですよね。ありがとうございます」と頭を下げ、チリドッグとホットコーヒーを頼み、美月の隣のテーブルに座った。

ラベンダー色のランドセルが置いてあるということは、学校から直接この店に来たのだろう。テーブルには、ポテトとラズベリーアイスが並んでいる。かなり奇妙な組み合わせだ。

窓からは、群青に染まり始めた空が見える。

美月は無表情のまま、ポテトとアイスを交互に口に運んでいた。

周囲の客は、この光景を見てもなにも思わないのだろうか。小学生がひとりで外食するのが当たり前の世の中になっているとは思えないが――。

「僕もこの店が好きだけど、ファストフードばかりだと栄養が偏るよ」

長谷川は思い切って声をかけた。

美月は、咄嗟に警戒しているような視線をこちらに向けた。けれど、長谷川の顔を思い出したのか、肩が少し丸くなる。

「あなたってロリコンなの？」

思わず、耳を疑った。小学三年の少女の口から出た言葉だとは思えない。女の子は、男の子よりも成長が早いというが、いまどきの子はこんなにも大人びているのだろうか。

「僕はロリコンじゃない。児童救命士の長谷川創一。昨日の『ギトモサイア』という言葉の意味が気になったから、教えてもらいたかったんだ」

「あれは、自分語よ」

外見は子どもそのものなのに、大人ぶった話し方をするのがおかしかった。

「ギトモサイアって、どういう意味？」

「意味？　それがわかったら自分語を作った意味がないじゃない」

美月は少し呆れ顔で目を逸らした。

「小学校では自分語を作るのが流行っているの？」

「小学校ってなに？　私は十七歳だけど」

その明らかな嘘に、長谷川は啞然となった。どう見ても十七歳には見えない。そもそも十七歳がランドセルなんて持ち歩くはずもない。

美月は笑われたのが不満だったのか、頰を膨らませて不機嫌な表情になってしまった。

感情を露わにした姿を目にし、真実を話してくれるかもしれないという期待が湧いた。

「美月ちゃんは小学三年生だ。どうして嘘をつくの」

「大人が嘘をつくからよ」

「大人にどんな嘘をつかれたのかな」

美月は窓の外に顔を向けたまま、黙り込んでしまった。それからは、声をかけても返事をしてくれなくなった。

　空が完全に暗くなる頃、美月は店を出た。

　街灯はあるが、小学生がひとりで歩くのは危険な気がした。子どもを狙った犯罪に巻き込まれないとは断言できない。ライフバンドを装着しているのが、せめてもの救いだ。ランドセルのどこかに鈴がついているのか、歩くたびにりんりん鳴り響いていた。

　長谷川は、美月と並んで歩きながら、当たり障りない話題を口にした。

「美月ちゃんは、学校は楽しい？」

　少女は、うんざりした表情で溜め息をついた。

「創一は、小学校を知らないの？」

　長谷川は呼び捨てにされて戸惑ったが、平静を装いながらどうにか返答した。

「知ってるよ。はるか昔に卒業しているからね」

「それならわかるじゃない。小学校なんて楽しくない」

「そうかな、仲のいい友だちと過ごした時間は楽しかったな」

　幼い顔が強張っていくのがわかった。また気に入らない発言をしてしまったのかもしれない。

　美月はふてくされた顔でランドセルをおろすと、「これ持って」と長谷川に渡してきた。

仕方なく、ランドセルを受け取る。なにが入っているのか、意外に重かった。

身軽になった美月は、機嫌を直したのか、涼しげに浮かんでいる三日月を見上げながら口を開いた。

「月って、逃げるのが速いの」

「逃げる？」

「そうよ。天体望遠鏡で月を見ていると、どんどん逃げていく」

「あぁ、地球は自転しているからね。月が好きなんだね」

「嫌い」

「それならどうして月を観察するの？」

「人の家を見るためよ」

小学生が、他人の家を覗くなんて考えてもみなかった。

動揺している長谷川を尻目に、美月は「嘘」と笑い出した。

「嘘ばかりついていると、誰からも信用されなくなるよ」

美月は反省する素振りも見せず、囁くような声で言った。

「これから、あなたに秘密を見せてあげる」

「秘密って？」嫌な予感がして、すぐさま尋ねた。

美月は、長谷川の手を強く握りしめ、真っ直ぐ続いている道を駆け出した。閑静な住宅街に、鈴の音が鳴り響く。子どもに手を引かれ、夜道を走っている情況は現実感が乏しく、奇妙な夢を見ている心境だった。

東三条家に着くと、美月は母屋には行かず、離れ家に真っ直ぐ向かった。庭に入ると自動点灯するセンサーがついているのか、フットライトに照らされて周囲が明るくなる。

美月はドアの前で立ちどまり、ランドセルから鈴のついた鍵を取り出した。

「お父さんに帰ってきたことを伝えなくてもいいの？」

心配になり尋ねると、美月は不機嫌な声を出した。

「あの人は本物のパパじゃないから、『お父さん』なんて言わないで」

自分の娘ではないが、胸がちくりと痛んだ。栄太は、こんなにも厳しい言葉を浴びせられているのだろうか。「本当の父親になりたい」という切実な言葉を思い返すと、切ない気持ちになる。ふたりのこじれた関係を改善する術はないだろうか。

長谷川は、栄太の哀しげな顔を思い浮かべながら言った。

「もう遅い時間だし、断りを入れないのはよくないからご挨拶してくるよ」

「それなら秘密は見せてあげない」

美月は挑戦的な眼差しで、長谷川を見上げた。

信用に値する大人かどうか試しているのかもしれない。ここで不信感を抱かれれば、心を閉ざしてしまう可能性がある。そうなれば、保護児童の真相にたどり着けなくなる。

長谷川は考えあぐねた末、少女の意向に従うことにした。

美月は慣れた手付きでドアを開け、照明のスイッチを押した。

思わず息を呑んだ。足元には、街が広がっている。

エメラルドグリーンの絨毯の上に大きな木箱が置いてあった。木箱の中には砂が入れてあり、ミニチュアの家や人、動物などの人形がたくさん並んでいた。人形は精巧に作られている。どれも躍動感があり、今にも動き出しそうだった。

ふいに、大学時代の懐かしい記憶がよみがえってくる。心理学の講義で『箱庭療法』を学んだときの光景だ。箱庭療法は、木箱の中にある人形などを使って、クライエントに自由に遊んでもらい、その様子を観察して精神状態を読み取り、治療に役立てていく心理療法の一種だった。

美月はリボンがついた靴を脱いだ。とても小さな赤い靴。

長谷川もそれに倣(なら)って、靴を脱いでから部屋に上がった。

「この木箱や人形はどうしたの?」

「木の箱はパパが作ってくれたのよ。人形はママが買ってくれた」

木箱の前に座った美月は、ある人形を指差した。スーツを着た男とワンピース姿の女の人形だ。

「これが本当のパパとママ」

長谷川は言葉が見つからないまま、嬉しそうに微笑む少女の姿を眺めていた。

「この犬は『ラス』っていう名前なの。ちょっとわがままだけど、かわいいから好き」

彼女の気持ちは完全には理解できない。けれど、木箱の中に夢や理想をたくさん詰め込んでいるのは痛いほど伝わってくる。きっと、この街だけはいつも輝いているのだろう。

美月は顔を上げると笑顔で言った。

「この『本物の街』にはね、嘘はないの」

「すてきな街だね」思わず、本音が口からこぼれた。

「一緒に新しい本物の街を作ろう」

美月はそう言うと、綺麗に並べてある人形を両手でぐちゃぐちゃに倒した。いらない人形を木箱の外に出し、小さな手で木や家を並べ始めた。

長谷川は胸にあった疑問を投げかけた。

「昨日、どうしてライフバンドで助けを求めたの？」

美月は、少しだけ間を置いてから答えた。

「迷子になって……お外が暗くなったから、怖くて使った」

「どうして家に電話をしないで、ライフバンドを使ったのかな」

「だって、ライフバンドを使えば助けてもらえるって、学校で習ったから」

「家に連絡しても、お父さんが助けに来てくれたと思うよ」

美月の顔から表情が消えた。

「あの人は本当のパパじゃない。それに……どうして助けてくれるってわかるの？」

その声は怒気を孕(はら)んでいた。

長谷川は言葉に窮した。確かに、なんの証拠があってそう言い切れるのだろう。信頼できる人間だと証明することはとても難しい。多くの時間を一緒に過ごし、徐々に信頼関係を築いていくしかない。

浅はかな言葉を吐いてしまったせいか、その後なにを尋ねても美月は口を利いてくれなくなった。継父との関係だけでなく、自分との間にも深い溝ができてしまった気がして、長谷川は己の愚かさに嫌気が差した。

3

ベッドに横になりながら、棚に置いてある時計に目を向けた。夕方の五時を過ぎている。二十四時間勤務で疲れが溜まっているせいか、休みの日は眠り続けてしまう。身体の疲れは取れても、漠然(ばくぜん)とした不安は心に宿ったままだった。

長谷川は起き上がり、冷蔵庫のドアを開ける。ミネラルウォーターを取り出し、ペットボトルに口をつけて飲んだ。喉の渇きが満たされた途端、今度は腹が減ってきた。冷蔵庫の中を確認してみるも、すぐに食べられそうなものはない。

美月は、今日もひとりでファストフード店にいるのだろうか。

迷子になったからライフバンドを使用したと言っていた。けれど、よく考えてみると公園にひとりで行けたのに、帰りは迷子になってしまうのは不自然だ。それに、栄太を毛嫌いする真の理由がわからない。美月は機嫌を損ね、途中から口を利いてくれなくなったので、疑問ばかりが残ってしまった。

保護児童が心を開いてくれるまでには時間がかかる。調査期間が一週間しかないのは心もとなかった。切迫感に突き動かされ、急いでシャツとジーンズに着替えた。

パソコンが置いてある机には、手のひらサイズの天使の人形が飾ってある。翼を広げた天使は、クリスタルガラスで精巧に作られていた。祖母からもらったものだ。

祖母はファンシーなグッズを集めるのが趣味で、旅行に行くたびに新しい天使の人形を買ってきた。長谷川がひとり暮らしを始めたとき、「連れて行くといいことがあるから持っていきなさい」と言われ、この人形を渡されたが、殺風景な部屋には似つかわしくない代物だった。

「いいことがあるなら……」

長谷川はそうつぶやいたあと、人形を割れないように紙に包んでから鞄の中に入れた。美月にあげようと思ったのだ。離れ家にある木箱の中の人形たちと相性は悪くない気がした。

ファストフード店に入ると、美月は前回と同じ席に座っていた。隣の椅子にランドセルを置き、物憂げな表情で窓の外を眺めている。

長谷川は、カウンターでフィッシュバーガー、ポテト、コーヒーを注文してから、美月のテーブルに向かった。テーブルにはチキンバーガーとオレンジジュースが置いてある。

「同じテーブルで食べてもいいかな」

長谷川が声をかけると、美月は一瞬、嬉しそうな表情を浮かべた。けれど、すぐにつんと取り澄ますような顔になり、平坦な声で訊いた。

「あなたって、ストーカー？」

長谷川は「違うよ」と笑いながら、許可はもらっていないが、彼女の正面に座った。

「どうして私に会いに来たの？」

「児童救命士として、訊きたいことがあったんだ」

児童救命士という言葉が悪かったのか、美月は警戒したように少し身を引いた。どこか怯えているようにも見える。なにか知られたくない秘密でもあるのだろうか――。

長谷川はコーヒーを飲んだあと、なにげなさを装いながら質問した。

「美月ちゃんは江東区に住んでいるのに、なぜ江戸川区の公園に行ったの？」

「前に……あの近くに住んでいたから……」

美月は、目を伏せてから言葉を継いだ。「パパと一緒によく公園に行ったの。フリスビーをして、パパの作ったお弁当を食べて、とても楽しかった。パパとママも仲がよかったのに……」

もしかしたら、母親の仕事が軌道に乗り、忙しくなった頃から夫婦仲が悪くなったのかもしれない。美月に親の離婚理由を尋ねるのは残酷な気がして質問は控えた。

代わりに、別の疑問を口にした。

「よく行ったことのある公園なら、帰り道もわかるはずなのに、あの日はどうして迷子になってしまったのかな」

美月の目は急に鋭くなり、憤然（ふんぜん）とした様子で言い放った。

「私に意地悪をしたいの」

意味がわからず、美月の真っ赤な顔を見つめた。

なぜ怒るのだろう。なにか気分を害する質問をしてしまったのだろうか――。

「僕たちの仕事は、ライフバンドを使用した子どもたちを助けることなんだ。なにか困っている出来事はないか調査し、一緒に悩みを解決したいと思ってる」

「困ってない。ただ迷子になっただけ」

その言葉を鵜呑（うの）みにして、調査を終えることもできるが、胸にある疑念は晴れない。

「本当に困っていることや悩みはないんだね？」

美月はしばらく考え込んだあと、澄んだ瞳をこちらに向け、小声で訊いた。

「創一は、本当に私を助けてくれる？　守れるって、約束できる？」

真実を語ってくれる予感がして、長谷川は「約束する」と思わず言い切ってしまった。

「お願いがあるの。パパを助けてほしい。パパは悪い人に捕まっているの」

まったく話の展開が読めない。

「どうしてお父さんが悪い人に捕まっていると思うの？」

「パパは家を出て行くとき、私に『必ず迎えに行くから』って約束してくれた。それなのに、ずっと待っていてもパパは迎えに来てくれない。たぶん、悪い人に捕まっているから、パパは会いに来られないのよ」

美月の想像は、あまりにも哀しかった。

本当の父親が自分との約束を破るはずはない、そう固く信じているのだ。なぜ実父が家を出たのか、真相は母親に訊かなければわからない。けれど、どのような真相が隠されていたとしても、美月の気持ちは傷ついたままだ。子どもを置いて出て行った事実は変わらないからだ。

「創一は、私を助けてくれるんでしょ？」

長谷川は困惑しながらも答えた。

「美月ちゃんのことは助けたいと思ってる」

「それなら、パパを助けて。私に会いに来られない理由があるんだと思う。もしかしたら、栄太がパパを殺したのかもしれない」

話が飛躍しすぎだ。なぜここまで極端になってしまったのだろう。実父が迎えに来てくれないという現実を受け入れられず、栄太を悪者にして、自分の心を守っているのかもしれない。

「どうして栄太さんが悪い人だと思うの？」

美月は目を伏せて、黙り込んでしまった。

「正直に話してほしい。栄太さんに、なにか嫌なことをされた？」

「お料理が……まずくて気持ち悪いから嫌いなの。パパの方がお料理はうまいし、優しいのに……ママはあの人の方が優しいって言うから……」

栄太がなにか悪事を働いているようには思えないが、ここまで敵視するのはなにか理由があるはずだ。けれど、その理由を尋ねても曖昧な返答しか得られない。ただ心がすれ違ってしまっているだけなのだろうか——。

考えを巡らすほど、真相から遠ざかっていくような気がして心もとなかった。

窓から西日が差し込む時刻になると、寂しそうな少女の姿が脳裏に浮かんでくる。

長谷川は鞄の中から、紙に包まれた天使の人形を取り出した。昨日、深刻な話になってしまい、渡しそびれたのだ。

栄太と美月のこじれた関係を改善する道はないか探してみたが、まだ解決策は見つからなかった。

長谷川は悩み疲れて、隣にいる新堂に尋ねた。

「美月ちゃんは、どうしてあんなにも継父を嫌うのでしょうか」

読んでくれているかわからないが、署長だけでなく、新堂にも調査報告書を送信していた。

新堂は頬杖を突きながら、美月の母親・東三条知世のインタビュー記事が載っているウェブサイトを眺めている。

知世は、社長業と子育てを両立するスーパーウーマンとして取り上げられていた。右上には、白い歯を見せて笑っている知世の写真が大きく掲載されている。

「保護児童は学校の給食は食べているのか？」新堂はぼんやりした声で訊いた。

「今日の午前中、美月ちゃんの通う小学校に行ってきたんですが、特に問題はないようです。給食もちゃんと残さずに食べているそうです」

「それが事実なら、継父の作ったものだけ食べないということになるな」

「やはり、栄太さんに対して反抗しているのかもしれません」

「本人が『反抗している』と言ったのか？」

「直接本人の口から聞いたわけではありませんが……。美月ちゃんは、料理がまずいから嫌だ、と言っています」

新堂は、引き出しからシリアルの箱を取り出すと、ガリガリと食べ始めた。引き出しにはシリアルだけでなく、電話機も入っている。内線が鳴るたびに、引き出しを開ける姿は滑稽(こっけい)だった。

「これから、フランスから帰ってきた美月ちゃんの母親と面談の予定なんですが、詳しい話を聞いても、解決できるかどうかわからなくて」

国木田は、困っている新人を見ていられなかったのか会話に入ってきた。

「わからないときは、相手に真意を尋ねるしかない。何度でも、理解できるまで訊き続ける。それを怠れば、改善策は永遠に見えてこないぞ」

それはわかっている。ただ、改めて言われると責められている気がして陰鬱な気分になった。もしかしたら美月と栄太の関係も、こんな感じなのだろうか――。

長谷川は頭をかきむしり、長い嘆息をもらした。

知世との面談は、江戸川児童保護署の面談室で行われた。

どんな心境の変化が生まれたのかわからないが、新堂は一緒に面談に参加すると言い出した。

面談室に入ると、知世は椅子から立ち上がり、丁寧に頭を下げた。

背の高い彼女は、ダークグレーのパンツスーツを品よく着こなしている。四十代だとは思えないほど若々しい。指はピアニストのようにすらりと長く、爪にはラインストーンがちりばめられたネイルを施していた。栄太から年齢を聞いていなければ、二十代だと勘違いしたかもしれない。

互いに自己紹介を済ませてから、長谷川は礼を述べた。

「本日はお忙しいところ、保護署までお越しいただきましてありがとうございます」

「いいえ、この度は美月がご迷惑をおかけしてしまい、大変申し訳ありませんでした」

知世は深々と頭を下げた。

新堂は、来客用に出されたコーヒーに目を向けてから、「俺もアイスカフェオレが飲みたいな」とつぶやいた。長谷川はその声を黙殺して、知世に「どうぞおかけになってください」と伝え、自分も席に着いた。

長谷川が事前に質問項目を書いておいたノートを広げると、知世は不安そうな表情で訊いた。

「主人が美月の本当の父親ではないから色々お調べになっているのでしょうか」

長谷川は、かぶりを振りながら答えた。

「いえ、そういうわけではありません。ライフバンドを使用した児童に対しては、なにか問題を抱えていないか調査する決まりになっていますので、お気を悪くなさらないでください」

気まずい沈黙が流れたあと、知世は話し出した。

「主人は、虫も殺せない優しい人なんです。小学校の行事にも積極的に参加してくれていますし、娘が体調を崩したときは、すぐに病院に連れて行ってくれます。でも、美月は彼が気に入らないようで、せっかく作ってくれた夕食なども食べないときがあって……」

知世は落胆した様子で続けた。「娘は、前の夫の作る料理が大好きでした。だから、主人の作るものを認めたくないいんだと思います。いつもパパの作ったものの方がおいしかったと言って……嫌がらせをしたいのかもしれません」

長谷川は、念のため確認した。

「ちなみに、美月ちゃんが体調を崩したとき、病院はどちらに行かれていますか？」

「杉並区にある安土クリニックです」

「ご自宅は江東区ですよね。なぜ杉並区のクリニックに行かれるのですか」

「主人が幼い頃からお世話になっている先生がいるんです。信頼できる先生に診てもらう方が安心できますので」

「ネイルの施術時間はどのくらいかかるものなんですか？」

突然、新堂は場違いな質問をした。

場の空気が凍りつき、一気に重苦しい沈黙が立ち込めた。

知世は自分の爪に視線を落としてから、怪訝そうな表情を浮かべて答えた。

「デザインにもよりますが、二時間ほどかかるときもあります。そんな時間があれば、娘の面倒をしっかり見ろ、そう仰りたいのですか」

新堂は「いいえ、とんでもない」と唇に笑みを刻んだ。

「美月には私立中学を受験させるつもりです。これからなにかとお金もかかりますので、私がしっかり稼いで、あの子には不自由ない生活を送らせたいと思っています。離婚と再婚で迷惑をかけてしまったので……。代表取締役として身なりを綺麗にすることは、ビジネスを円滑に進めるためにも大切ですから、ある程度気をつけています」

長谷川は、険悪な雰囲気をほぐそうとして言った。

「ご両親が一生懸命なのはよくわかります。ご主人にもお会いしましたが、美月ちゃんを大切に思っているようでした」

その言葉に、知世の表情がぱっと明るくなる。

「主人は私の会社にある保育園で働いていたときも、子どもたちからとても人気がありました。園児たちは、みんな彼がいちばん好きだと言っていました。ひとりで寂しそうにしている園児がいれば、彼は誰よりも先に気づき、声をかけてあげるような繊細な人なんです」

長谷川は、美月には訊けなかった質問を投げた。

「失礼ですが、前のご主人とはなぜ離婚されたのでしょうか」

「前の夫は、離婚届を置いて家を出て行ったんです。ちょうど私の仕事が忙しい時期で、会話もほとんどありませんでした。急に出て行かれて納得いかなかった私は、調査会社に調べてもらいました。以前住んでいた最寄り駅の近くにあるスポーツジムの受付と浮気をしていたんです。しかも、相手の女は、すでに夫の子を身ごもっていました」

「それを美月ちゃんには伝えていないんですか？」

長谷川が訊くと、知世は黙ってうなずいた。

「真実を知ったら、美月が悲しむから言えません。ダメな人だけど、それでもやっぱり美月の父親ですから」

真相を話せば美月は実父を嫌いになり、忘れられるかもしれない。迎えに来るという期待を抱かなくて済むようにもなる。けれど、それができないから難しいのだ。

知世から聞いた話では、栄太は悪い人間には思えない。やはり、実父が忘れられなくて関係がこじれているのかもしれない。

「以前は、江戸川区にお住まいだったようですね」長谷川は訊いた。

「そうです。あの頃の楽しい思い出が忘れられなかったのかもしれません。だから娘は、あの公園に行ったんだと思います」

「前のご主人は、今はどちらにお住まいですか」

新堂はなにか気になるのか、実父について尋ねた。

「調査会社の報告書に書かれていた住所によれば、女の家に引っ越したようで、前に住んでいた場所のすぐ近くです。まさか、浮気相手が至近距離にいたなんて考えてもみませんでした」

「栄太さんは、保育士の資格はお持ちですか」新堂は続けた。

「はい。大学で幼稚園教諭免許や保育士の資格を取得しています。採用時に、人事がしっかり確認しています」

新堂は、最後に栄太の卒業した大学を訊いてから面談を終えた。

一階のエントランスまで知世を見送ったあと、新堂はなぜか安土クリニックへ行こうと言い出した。信頼できる先生に診てもらいたいという知世の言葉が、不自然に思えたのだろうか——。

安土クリニックまで車で向かう間、新堂はなにか考え込むように窓の外を眺めていた。

「新堂さんは、ご両親に問題があると思っているんですか」

「人間なんて、どいつもこいつも問題を抱えている。だから、相手を苛立たせるような質問をしなければ、奥底に隠している本性なんて見えてこないときもある」

新堂は乾いた声で続けた。「お前は、今回の案件でなにを望んでいるんだ?」

長谷川は、握りしめているハンドルに力を込めながら答えた。

「美月ちゃんが、なにか不安を抱えているなら解消してあげたいです」

「真実に向き合わない限り、不安はどこまでもつきまとう」

「真実？　それなら実父が浮気をして出て行ったことを伝えた方がいい、って言うんですか」

「まぁ、それもひとつの手だな」

新堂は冷淡な口調で言うと、タブレットＰＣで安土クリニックのホームページにアクセスした。

ホームページには、六十代後半くらいの院長とまだ若い男性医師の写真や経歴が載っていた。ふたりは姓が同じなので親子なのかもしれない。

安土クリニックに着いたのは、午後の診療終了間際だった。診療科目は内科のみ。建物は古く、こぢんまりとしている。

クリニックの中に入ると、長谷川は受付の女性に児童救命士の手帳を提示した。彼女は三十代後半くらいで、胸に『橋田（はしだ）』という名札をつけている。

「江戸川児童保護署の者です。院長にお話を伺いたいのですが」

橋田は、緊張した様子で唇をぎゅっと結び、上目遣いでこちらを見た。どこか警戒しているような雰囲気がある。

彼女から話を聞くと、院長は事実上引退し、今は息子がひとりで患者を診ているようだ。息子に面談したいと頼むと、橋田は目を伏せてから「椅子におかけになって、しばらくお待ちください」と蚊の鳴くような声で言った。

待合室で二十分ほど待つと、最後の患者が会計を済ませて出て行き、そこから十分ほど時間が過ぎた頃、診察室に呼ばれた。

診察室には、黒縁の眼鏡をかけた男性医師が待っていた。

年齢は三十代くらい。白衣の効果だろうか、聡明（そうめい）そうな雰囲気が漂っていた。長谷川たちが手帳を見せて来意を告げると、医師は名乗った。

「安土智彦（ともひこ）と申します」

長谷川は、単刀直入に尋ねた。

「東三条美月ちゃんの担当の先生ですか」

「はい。私が何度か担当しました」

「美月ちゃんが受診に来たのはいつ頃でしょうか」

智彦は、パソコンの画面にカルテを表示した。

「何度か受診されていますが、最近だと……三ヵ月前の七月五日ですね」

「どなたが付き添っていましたか？」長谷川は訊いた。

「いつもお父さんと一緒に来ていたと思います。お母さんは仕事が忙しいらしく、お父さんはずいぶん心配なさっていて、患者さんよりも動揺していたのを鮮明に覚えています」

　父親の話が出たので、栄太が幼い頃からこのクリニックに来ているかどうか尋ねてみると、智彦は「父から聞いた話によれば、そのようですね」と抑揚のない声で答えた。

「美月ちゃんの症状はどうでしたか？」

　長谷川の問いかけに、智彦はカルテに目を向けたまま答えた。

「ご自宅で嘔吐（おうと）してしまったそうなのですが、下痢（げり）をしている様子もなく、発熱もない。血液検査の結果も問題ありませんでした」

　智彦は、画面を切り替えてから言葉を継いだ。「その前は下痢でしたね。どれも軽い症状でしたので、しばらく様子を見て、また問題があれば来てくださいとお伝えしましたが……私の診断になにか問題がありましたか？」

　長谷川は「いいえ」と言いながら首を横に振った。新堂も他に質問はないようなので、診察室をあとにした。

　新堂はクリニックの外に出ると、憮然（ぶぜん）とした表情で空を仰いだ。

　分厚い灰色の雲が垂れ込め、今にも雨が降り出しそうだった。

「栄太さんは実父ではないけれど、美月ちゃんの面倒をよく見ていると思います」

　長谷川のその言葉を無視し、新堂は唐突に言った。

「俺も『本物の街』が見てみたい」

一瞬、耳を疑った。調査報告書を読んでくれていたのだ。そうでなければ、本物の街のことは知らないはずだ。

新堂にあの木箱を見せれば、なにか手がかりを見つけてくれるかもしれない。そんな期待を胸にファストフード店に寄ってみたが、いつもの席には誰もいなかった。知世が帰国しているので、家にいる可能性を考慮し、美月の自宅に向かうことにした。

東三条家に着くと、離れ家の丸い窓から明かりがもれているのが見えた。美月がいるのかもしれない。

新堂は無言で車を降りると、ずかずかと庭に入って行く。自動点灯センサーが反応し、フットライトが灯った。

長谷川は慌ててあとを追い駆けながら小声で言った。

「先に母屋のご両親に挨拶に行ってからにしましょう。勝手に離れ家に行くのはまずいですよ」

「俺はこっちが母屋だと思ったんだ」

新堂はさらりと言い放ったあと、まるで約束でもしているかのように離れ家のドアを二度ノックした。

児童救命士だと伝えると、ドアの向こうから美月が顔を出した。泣きはらしたような真っ赤な目で、不思議そうに新堂を見上げている。

「長谷川創一がどうしても人形で遊びたいと駄々をこねるので、入ってもよろしいですか」

新堂のその嘘に、美月は長谷川の顔を見ながら「いいよ」と笑った。

室内に入ると、木箱の中には家や人形が綺麗に並んでいた。また新しい街が完成したのだろう。その街を目にした新堂の顔に、一瞬暗い翳りがさしたように見えた。

美月は、左隅に置いてある大きな緑色の家を指差しながら説明した。

「これはね、児童救命士のお家なのよ。私になにかあったら助けてくれるの」

緑色の家の周りには、樹木がたくさん植えられている。もしかしたら、テレビやパンフレットなどで児童保護署を見たことがあるのかもしれない。

緑色の家の近くには、一脚の椅子が置いてあり、ウサギが座っていた。

新堂は、ウサギを指差しながら尋ねた。

「これは誰ですか?」

「私よ」

新堂は小声で「そうですか」と返事をした。

「美月ちゃん、今日はお母さんがいるのに、どうして家に帰らないのかな」

長谷川が尋ねると、美月の目に涙があふれた。

「ママが……わがままな子は嫌いって言ったの」

「どうしてそう言われたの？」

「私がご飯を食べなかったから。あの人の作るご飯はまずいのに……パパの作るご飯の方がおいしかったのに、ママは『とてもおいしい』って食べるから」

坊主憎けりゃ袈裟(けさ)まで憎いという心境なのだろう。嫌いな人物が作ったものは、まずく感じるのかもしれない。

突然、「キャッ」という短い悲鳴が響いた。

長谷川は、慌ててドアを振り返った。そこには、怯えた表情の知世が立っている。

「あなた方は、ここでなにをされているんですか」

知世は声を震わし、不審者を見るような目を向けた。

驚くのも無理はない。なんの断りもなく、無断で入ってしまったのだ。

長谷川が立ち上がり、謝ろうとしたとき、美月は駆け出して母親に抱きついた。まるで崖(がけ)から落ちるのを恐れているかのように、必死にしがみついている。

美月は泣きながら訊いた。

「パパのご飯の方がおいしいのに、どうして本当のことを言ったらダメなの？」

「まだ反省していないの？　あれは美月が悪いよ」

知世は、長谷川たちのことが気になっているようだが、娘の頭を撫でながら諭(さと)すように言った。

「パパは美月に喜んでほしくて一生懸命作ったのに、かわいそうじゃない。たとえば、美月がママのためにお料理を作ってくれたのに、ママが『他の人のお料理の方がおいしい』って言ったら哀しいでしょ？」

知世にしがみついたまま、美月は素直にうなずいた。

「ママと一緒にパパに謝ろう」

なぜか美月は振り返り、長谷川の顔を見上げた。その瞳は深い哀しみを湛えていた。長谷川は、少女がなにを訴えようとしているのかわからず、涙をこぼす姿を見つめることしかできなかった。

新堂は、神妙な面持ちで木箱をいつまでも眺めていた。

長谷川と新堂が救命部に戻ると、鈴木が「ちょっと」と手招きした。明らかに表情が険しい。嫌な予感がする。

鈴木の机の前に並んで立つと、彼は怒気を含んだ声音で言った。

「児童救命士は、いつから不法侵入するようになったんだよ。さっき、東三条さんから苦情の電話がかかってきたぞ。児童救命士ふたりが、許可もなく家に上がりこんでいた、ってな。それから、家族の溝を深めるだけだから、もう関わらないでほしい、そうお怒りだよ」

正確には、美月に許可をもらってから離れ家に上がったのだが、やはり親に断りを入れなかったのはまずかった。

「すみませんでした」

長谷川は頭を下げながら謝罪した。隣を見やると、新堂は物怖じすることなく堂々と眠そうに目をこすっている。

鈴木は眉根を寄せ、苛立った声を上げた

「調査をして、ライフバンドを使用した理由は判明したのか？」

「やはり…迷子です」

「虐待の疑いは？」

「ありません」

「親御さんからも調査中止の依頼が入った。このまま続けたら、今度は本部に苦情がいくぞ。命に関わる問題を抱えていないなら、もう調査業務は終了しろ」

確かに、あとは親子の問題だ。けれど、美月の助けを求めるような哀しげな瞳が脳裏から離れず、心が鎮まらない。

長谷川の気持ちを察したのか、署長の里加子が話に加わってきた。

「一度関わってしまうと、保護児童が心から笑えるようになるまで見守りたくなるよね」

鈴木は、困惑した表情で声を尖らせた。

「しかし、今回の案件は、もう我々が介入すべきではないと思います」

「そうね。なにも問題がないなら、親御さんの気分を害してしまいかねないわね。新堂君、どうする?」

新堂はその問いには答えず、長谷川に訊いた。

「新人はどうしたい?」

「僕は……まだ調査を続けたいと思っています。うまく言えないのですが、あの少女はなにか助けを求めているような気がしているんです」

このまま家族の問題に深入りするのは、児童救命士の職務の範囲から逸脱している。けれど、なぜ美月が哀しい表情をするのか、その理由がわからないのに、案件を終了していいものかどうか葛藤が生じていた。

鈴木は警告するように言った。

「俺たちは児童救命士であり、親ではない。ひとりの子どもに寄り添って、ずっと面倒を見ていられるわけじゃないんだぞ。保護児童自身が迷子だと言っているのに、これ以上、児童救命士になにができる? しっかり考えてみろ」

返す言葉が見つからなかった。自分になにができるのかさえわからない。

里加子は、気持ちを改めるようにパチンと手を叩いてから言った。

「長谷川君に最終的な決断をさせるのは酷よね。今回は親に問題はないようだし、これ以上の介入は難しいから、保護児童の言葉を信じて迷子という結論で終了しましょう。ふたりは始末書と案件終了の報告書を出しておいて」

長谷川は自分の席に腰を下ろした瞬間、激しい脱力感に襲われた。美月になにもしてあげられなかったのが心苦しくて悔しかった。助けると約束したのに——。思わず、暗い声が口からもれた。

「東三条家の三人は、みんなお互いを思いやっている気がするんです。それなのにボタンの掛け違いで、気持ちがうまく伝わっていない」

「お互いを思いやる、ずいぶん都合のいい言葉だな」

新堂はパソコンに目を向けながら言った。画面には、誰かのブログらしきものが見えた。

「だって、本当にそうじゃないですか。栄太さんは忙しい知世さんのために、懸命に美月ちゃんの世話をしている。美月ちゃんにも好かれようと必死です。知世さんも、がんばってくれている栄太さんを認めている。浮気のことを知らない美月ちゃんは、実父を大切に思い、継父を受け入れられないでいる。けれど、どこかで栄太さんに悪いと思っている気がします」

「そりゃ、立派な家族だな」

新堂の適当な物言いが癇（かん）に障り、長谷川は声を張り上げた。

「どうしてそういう棘のある言い方をするんですか」

「一見、互いを思いやっているようで、もしかしたらみんな自己愛の塊なのかもしれない」

「自己愛？　どういうことですか」

「継父の栄太は、働くのが嫌で金持ちの知世と結婚した。けれど、娘とうまくやれなければ捨てられてしまう可能性がある。だから良好な関係を築きたい。母親の知世は、家族よりも会社の方が大事だ。だから主夫になってくれる栄太がいれば都合がいい。娘と仲よくしてもらえれば自分は仕事に専念できるからな。娘の美月は、ただのわがままで、栄太を困らせて楽しんでいるのかもしれない。家族とはいえ、人間関係なんて欲望のぶつかり合いだ」

「僕には、そうは思えません」

「今の段階では真相はわからない。けれど、問題を本気で解決したいなら、各々が抱えている闇に目を向けるしかない。たとえ、胸を抉（えぐ）るような哀しい闇だとしても」

「あの三人の闇は、どこにあるっていうんですか」

「さぁな。お前の『お互いを思いやっている』というのが真実であることを祈っているよ」

新堂はそう言うと、また別のブログを見始めた。彼の表情からは胸の内が読み取れず、なにを考えているのかまったく理解できなかった。

4

夕刻になるたびに美月のことが思い出され、決まって不安に駆られた。

あの哀しげな瞳が夢に出てきて、うなされる日もあった。声に出せなくても、瞳が「助けて」と訴えているような気がしてしまう。案件終了と言われても、簡単に気持ちを切り替えられなかった。

長谷川は、どうしても胸の不安を払拭できず、休日を利用して美月に会いにファストフード店に向かった。仕事で関われないのなら、プライベートで話を聞けばいいと思い至ったのだ。そのとき、不運なことに、店内で知世と鉢合わせになった。知世は海外に行く予定だったが、ヨーロッパ行きの便が欠航になり、娘を迎えに来たのだ。

長谷川に対して強い不信感を募らせた知世は、児童保護本部にストーカーまがいの行為だと苦情を訴えた。案件は終了している上、保護者からは関わらないでほしいという要望があったのに、保護児童とプライベートで会っていたというのが問題になり、一週間の謹慎処分が言い渡された。

長谷川は、初めて事の重大さに気づいた。このまま我を通せば、児童救命士を辞めなければならない。そうなれば、子どもたちは救えない。慎重を期さなければならない状況だったのに、安易に突っ走ってしまったのだ。

謹慎期間中、新堂からはなんの連絡も励ましもなかった。

謹慎明け、惨めな気持ちを抱えながら救命部に入ると、相田が「お前の熱意はすごいよ。尊敬する」と慰めてくれた。けれど、落ち込んだ気持ちは簡単に回復できなかった。美月の案件を途中で放棄してしまう結果になったからだ。

それから一週間が過ぎても、ひどい虚脱感に支配されていた。

児童救命士になってから、まだ二ヵ月も経っていないのに、始末書は二通、それに加え謹慎処分だ。完全にお先真っ暗だ。

怒りの矛先を新堂に向けるのは間違っているが、先輩としてもっと気にかけてくれてもいいのにという筋違いな憤りが込み上げてくる。

長谷川の苦悩も知らずに、新堂は仮眠を取ったばかりなのに、隣ですやすや眠っている。最近、救命部にいないことが多かったので、席にいるだけでもマシに思えてしまう。

長谷川は、やけ酒でもあおるかのように、コーヒーを一気に飲み干した。マグカップを置いたとき、机上の電話が一斉に鳴り響いた。

通常、代表番号にかかってきた電話は総務部につながるのだが、夜間などの業務時間外は救命部が対応するようになっていた。

長谷川は受話器を取ろうとしたが、相田の方が一足早かった。

「はい、江戸川児童保護署です」

電話の応対をしている相田の顔が、次第に曇り始めた。

なにか悪い知らせなのだろうか――。国木田も心配そうに、相田を見つめている。

「しばらくお待ちくださいませ」

相田は保留にすると、長谷川に顔を向けた。「東三条さんという人から電話だ。かなり興奮している様子で、『娘がいなくなった』と言っているんだが、長谷川の担当だったよな？」

「電話をまわしてくれ」

嫌な予感が背中を駆け上がってくる。額に汗が滲み、血の気が引いていくのがわかった。

電話の相手は、知世だ。

彼女は「美月がいなくなり、警察に連絡しました」と泣き声で報告してきた。児童保護本部にまで苦情を入れた手前、申し訳ないと思っているのか、今さら助けてほしいというのは調子がよすぎるが、一緒に捜索してもらえないか、とかすれた声で懇願してきた。

長谷川は必要な情報を尋ねたあと、心当たりの場所を捜すと伝えて通話を終えた。

美月は、栄太が作った夕食を床に捨てたそうだ。無礼な態度を目にし、知世がきつく注意すると、美月は泣きながらリビングを飛び出して行ったという。知世は、娘はいつものように離れ家にいると思い、しばらく頭を冷やしてから向き合おうと考えていた。けれど、二十分後に様子を見に行くと、娘の姿はなかったそうだ。

離れ家にいないと気づいた時刻は、夜の七時半だった。その後、美月に連絡しようとするも、携帯電話は部屋に残されていたという。

「新堂さん、起きてください。美月ちゃんがいなくなったんです！」

長谷川が、肩を強く揺すると、新堂は緩慢な動きで上半身を起き上がらせた。

「どうしたらいいんでしょうか。やっぱり、案件を終了すべきではなかったんです。あの判断は間違いだったんだ。調査は続けるべきだった」

長谷川は切迫感に駆られ、まくしたてた。「ずっと納得できなかったんです」

新堂は、冷淡な口調で返した。

「納得できないなら、なぜ案件の調査を続けなかった？」

「それは……謹慎処分になったから……」

「勘違いするな。上司の判断が悪かったわけじゃない。俺たちが決定的な証拠をつかめなかったのが原因だ。失敗した原因を互いになすりつけ合っていれば、その間に子どもの命は失われていく」

新堂の的を射た言葉に、なにも反論できなかった。自分は甘かったのだ。けれど、どうすればいいのだ。鈴木の「児童救命士になにができる？」という言葉が頭をかすめる。答えなんてわからない。できることはなにもないような気がする。自責の念が胸に去来し、情けなくて泣き出したい気分だった。

「僕のミスです。これからどうしたらいいのかわからなくて……」

「違う。これはチャンスだ。ヒーローを目指すな。本気で悪に打ち勝とうと思うなら、相手よりも怜悧狡猾な最強の悪になるしかない」

言葉の意味がわからず、薄ら笑いを浮かべている新堂の顔を見た。

「東三条美月が行きそうな場所はどこだ？」

新堂は、落ち着きはらった声で尋ねた。

長谷川は必死に考えを巡らせた。木箱の中の人形を並べる小さな手。「これが本当のパパ」と説明してくれたときの声が耳の奥で響く。ファストフード店では、パパを助けてほしいと頼まれた。実父が迎えに来てくれると信じていた。美月の心には、いつも父親がいた。

「ライフバンドを使用したときに発見された場所……実父との思い出がつまった公園だと思います」

「行くぞ」

新堂は立ち上がり、ドアに向かって歩き出した。

長谷川は、天使の人形をジャケットのポケットに突っ込んだ。心中で「ばあちゃん、美月ちゃんを守ってくれ」とつぶやき、ドアに向かおうとしたとき、国木田の声が聞こえた。

「応援が必要なときは、俺たちもすぐに行くから連絡してくれ」

厳つい鬼瓦（おにがわら）のような顔が、仏のように見えた。

長谷川は、「ありがとうございます」と頭を下げてから急いで部屋を出た。

広大な公園を目の前に、絶望感が胸に広がっていく。

前回はライフバンドを使用してくれたから、居場所がすぐに特定できた。けれど、今回はなんの手がかりもないまま公園内を捜索しなければならない。しかも、この場所にいるという保証はない。いなくなる前に喧嘩（けんか）をしたとはいえ、家出だと決まったわけではなく、悪い人間に連れ去られた可能性もゼロではないのだ。

――児童救命士になにができる？

この仕事をする以上、ずっと考え続けなければならない問いだ。なにもできないのなら、児童救命士を続ける資格はない。

負の感情を振り払うように、「美月ちゃん！」と、大声で名を呼びながら捜索を開始した。

十月の下旬だが、昼間は上着がいらないくらい暖かい陽気だった。けれど、夜は気温が急降下し、肌寒く感じる。頭上に雨雲がないのが、せめてもの救いだ。

懐中電灯の明かりを頼りに、様々な場所を確認していく。前に発見された公衆トイレにはいなかった。樹木に囲まれたベンチ、バーベキュー広場、野球場、ブランコ。どこにもいない。外灯が少ないため、ほとんどが暗がりでよく見えない。

多くの子どもは暗闇に恐れを抱く。美月だって同じはずだ。

「美月ちゃん！　いるなら出てきてくれないか！」

名を呼ぶ声もかれ始めた。自責と不安に潰れそうになりながら、必死に公園内を走り続ける。

「滑り台の近くになにか見えた」

後方から新堂の声が聞こえ、慌てて振り返った。

新堂の視線の先には、ひっそりと佇んでいる滑り台がある。

長谷川は滑り台まで全速力で駆けて行くと、息を切らしながら周囲を確認した。懐中電灯の明かりが、誰かの足をとらえた。見覚えのある赤い靴が目に飛び込んでくる。上半身は大樹の陰になっていて見えない。

鼓動が早鐘のように胸を打つ。手が小刻みに震え、懐中電灯の光がぐらぐら揺れる。

大樹の裏に回ると、そこには美月がいた。まるで母親の胎内にいる赤ん坊のように膝を抱え、静かに横たわっている。その姿は、哀しいほど孤独だった。

近寄り、呼吸をしているかどうか確認した。長谷川は安堵のあまり崩れるように地面に座り込んだ。ジャケットを脱いで、そっと美月にかけた。

新堂は、懐中電灯で美月の顔を照らした。少女は眩しそうに双眸を細め、ゆっくり上半身を起こした。

「急にいなくなったら、みんなが心配するだろ」

長谷川が憤りを露わにすると、美月の顔は怒りに歪んだ。

「急に？　パパだって急に出て行ったじゃない。迎えに来るって約束したのに来ないじゃない！　創一だって……私を助けてくれるって言ったのに、ハンバーガー屋さんに来なくなった」

本当の気持ちを初めて垣間見た気がした。それほどまでに自分を頼りにしてくれていたとは、長谷川には想像も及ばなかった。

きっと、知世からなにも聞かされていないのだろう。美月の調査を続けたかった。けれど、謹慎処分になり、ファストフード店には行けなかった。もしかしたら、実父も嘘をついたのではなく、最初は迎えに行くつもりだったのかもしれない。けれど、なにか事情があり、娘を引き取ることができなかったのではないか。現実は、理想どおりには進まない。成長すれば世の中の不条理も理解できるようになるが、まだ幼い子には無理だ。だからこそ、子どもと交わした約束は、大人が想像する以上に重いのだ。

拳を強く握りしめると、爪が手のひらに食い込んだ。

「僕はなにもできなくて……本当に嘘つきだ……ごめん」

美月は大声を上げて涙を流せばいいのに、声を殺して泣き始めた。

小さな子どもが夜の公園にひとりでやって来るのには、恐怖に打ち勝つ勇気が必要だ。そこまでする意味は必ずあるはずだ。保護児童の気持ちに寄り添えなければ、真実は一向に見えてこない。見えないのなら、時間をかけて幾度も問いかけるしかない。

長谷川は答えの得られない自問自答はやめて、懇願するように言った。

「ずっと君の気持ちを理解したかった。この公園に来た本当の理由を教えてほしいんだ」

真剣な思いが伝わったのか、美月はしばらくしてから口を開いた。

「迷子になって……」

必死に声を振り絞って続けた。「迷子になったら、テレビに出られるでしょ？　私もテレビに出たら、パパが心配して戻って来てくれると思ったの。でも、暗くなったら怖くなって……」

行方不明児童は、公開捜査される場合もある。美月はそれを期待したのだ。だから深夜までこの公園にいたのだろう。けれど暗闇が怖くなり、ライフバンドを使用した。命に関わることではなく、ライフバンドを使用したとなれば、怒られると思い至って真相を語れなかったのだ。

新堂は大樹に背を預け、空を振り仰いでいた。

長谷川は美月の抱えている苦しみを言葉にした。

「栄太さんが家にいたら、本当のお父さんが戻って来られなくなると思い、不安になったんだね」

美月は、素直にうなずいてから言った。

「新しいパパが来たら、本当のパパがお家に帰って来られないでしょ？　でも、私は……もうパパはいらないよ」

長谷川は意味が取れず、哀しげに微笑む美月の顔を見た。

「パパは、まだこの近くに住んでいたの。今日、信号を待っているとき、パパを見かけた。話しかけたかったけど、知らない女の人と小さな男の子と一緒にいたから……」

美月は虚空を睨みつけながら続けた。「男の子はね、パパにそっくりだった。だから……消えちゃえばいいなって思って……」

長谷川は息を呑んだ。背中が冷たくなるのを感じた。まさか、実父の子どもになにかしたのだろうか――。少女がそっと手を伸ばし、男の子の背を車道に向かって押す恐ろしい映像が脳裏に浮かんでくる。核心に迫るような言葉が喉元まで込み上げているのに声にならない。

美月は、長谷川の不安を察知したのか、微かに首を横に振った。

「なにもしなかったよ。だって……パパがかわいそうでしょ」

保護児童の無垢な心情に気づいた瞬間、必ず心は激しい痛みに襲われる。

身勝手な大人たちに翻弄されるのは、いつだって子どもたちなのだ。父親が迎えに来ると信じていた美月の気持ちを慮ると、胸が抉られたように痛んだ。

「創一、泣かないで。私は大丈夫だよ」

その言葉で、長谷川は自分が涙を流していることに気づいた。悔し涙だ。子どもを救いたいという気持ちだけではどうすることもできない現状がある。土下座して頼んだとしても、夫婦の仲を改善することはできない。美月がいちばん欲しいものを与えることは不可能なのだ。

生きるということは、ときに苦しみや悲しみを経験することでもある。その事実をこの歳で学ばなければならない現実に、いたたまれない気持ちになった。もう綺麗ごとは通用しない気がした。

長谷川は、ジャケットのポケットから天使の人形を取り出して言った。

「生きていくってことは、別れも経験しなければいけない。僕も大切な友だちを事故で亡くした。大好きだった祖母は病気で亡くなった。でもね、たくさんの出会いもあった。美月ちゃんにも出会えた。美月ちゃんも、いつか心から信頼できる人たちに出会える日が来ると思う。この人形は、それまでのお守りだよ」

長谷川は、天使の人形をそっと差し出した。美月は両手で受け取ると、しばらく眺めてから、空へと腕を伸ばし、天使の人形を高く掲げた。まるで夜空を飛んでいるようだった。

「パパは新しい家族とがんばってる。だから……私も新しくがんばる」

月光に照らされた天使は、きらきらと光を放ち、美しく輝いている。少女は頰を濡らし、夜空を舞う天使をいつまでも眺めていた。


東三条家のリビングには、制服姿の警察官や深川署の西田と河野もいた。

美月の無事な姿を見た知世は、「ごめんね」と何度も謝り、泣き崩れてしまった。

栄太も泣きはらした真っ赤な目をしている。鼻も赤く、髪もぼさぼさで、憔悴しきった顔で「無事でよかった」と繰り返した。血のつながりはないが、本当の父親のような姿だった。

栄太は哀しそうな笑みを浮かべ、美月の髪を優しく撫でながら言った。

「僕が……家を出て行くから許してほしい。今までつらい思いをさせて、本当にごめん。でもこれだけは真実なんだ。いつか本当のお父さんになりたかった。美月を心から大切に思っていたんだ」

美月は、沈んだ顔で天使の人形を握りしめている。

河野は、長谷川の近くに歩いてくると隣に立った。

「美月さんの調査をされていたそうですね」

「すみません。ライフバンドを使用した児童に関しては、調査をする決まりなので……」

長谷川は、叱られた子どものように肩をすくめて答えた。

河野は、目尻を下げて微笑みながら言った。

「おかげで助かりました。美月ちゃんが無事でよかった」

その意外な言葉に安堵し、長谷川は思わず本音を口にした。

「児童救命士も警察官も、市民を守りたいという気持ちは同じです。もっと協力体制が整うことを願っています」

河野は「そうですね」とつぶやいたあと、東三条家の様子を教えてくれた。

「お父さんは、ずっとご自分を責めていました。身体を震わせて泣いておられました。美月ちゃんに、お父さんの想いが伝わる日は来るのでしょうか」

「真実の想いならば、必ず伝わる日が来ます」

長谷川はそう言ってから、小声で訊いた。「すみません。二十四時間勤務の日だったんで、眠気を覚まそうと思ってコーヒーを飲み過ぎてしまったんです。お手洗いはどちらかご存知ですか」

河野は呆れたような顔をしているが、目には優しさが滲んでいた。

5

周囲は、深い闇と怖いほどの静寂に包まれていた。

誰かの嘲(あざ)けるような声が響いてくる。

「本当に出て行かなければいけないのかな」

「……ご飯の中に……なにか混ぜていたんでしょ」少女は震える声で言った。

「人を疑うのはよくないよ。君は勘違いしているんだ。それなのに僕を追い出そうとするの？」

「あなたは悪い人だよ。ママから離れて」

「本当に悪い人は、誰なんだろうね」

男は馬鹿にしたような口調で続けた。「ママが大好きなのかもしれないけど、ママは君より仕事の方が好きなんだ」

「嘘よ！　嘘を言わないで……」

「わがままな子は、みんな嫌いだからね。僕がいなくなったら、いちばん哀しむのはママなんだよ。君の面倒を見ていたら、大好きな仕事ができないからね。それでもいいの？」

少女のすすり泣く声が聞こえる。

「僕と仲よくしないと、また捨てられるよ。君の本当のお父さんは、他に好きな人ができて家を出て行ったんだ。子どもが生まれて、新しい家族と楽しく過ごしている。君は誰からも愛されてない。いらない子なんだ」

「知っているよ。パパはがんばってる。でも、私はがんばらない。あなたが嫌いだから」

パチンという乾いた音のあと、少女の泣き声がする。

「GO！」イヤフォンから新堂の声が響いた。

長谷川は、クローゼットのドアを押し開けると、男に飛びかかった。床に叩きつけ、真っ青な顔をしている栄太に馬乗りになる。

「な、なんであなたが家にいるんですか」

栄太は状況が理解できないのか、呆然とこちらを見上げている。

「お前の本性は、すべてカメラに録画している」

長谷川がそう告げると、栄太は虚ろな目で「どういうことですか」とつぶやいた。

部屋のドアが開き、新堂、西田、河野、知世が入って来る。

美月は、ベッドから駆け出し、知世に抱きついた。

「もう逃げられないぞ。別の部屋から我々が監視していたんだ」西田は、鬼のような形相で栄太を睨んだ。

知世は、美月を守るように抱きかかえて、すぐに部屋を出て行った。

長谷川が立ち上がると、栄太は上半身を起こして苦しそうに言葉を吐き出した。

「違う……誤解です。僕はずっとつらかったんだ……美月ちゃんが心を開いてくれなくて、必死に努力したのに、たくさん話しかけたのに、がんばっておいしい料理を作ったのに」

この期に及んでまで被害者面をする態度が許せない。

「人の関心や同情を引くような嘘はやめませんか」

長谷川は、栄太の目を真っ直ぐ見つめながら続けた。「僕の同僚が、あなたの友人に聞いたそうです。『ガキが邪魔だ。事故に見せかけて、あのガキを始末できれば、将来的に妻の会社や遺産はすべて自分のものになる』、そう言っていたそうですね」

美月の体調が悪くなったとき、栄太は杉並区のクリニックへ連れて行った。いくら信頼できる医師がいるからとはいえ、精密検査ができる総合病院ならまだしも、急病なのになぜ自宅から遠い小さなクリニックに連れて行くのか、新堂は不自然に感じた。しかも、美月の担当医は、栄太が信頼している院長ではなく、彼の息子なのだ。新堂はそれらの疑念から調査を開始した。

長谷川は、眉をひそめている栄太の顔を見ながら切り出した。

「あなたは、ブログもお書きになっているようですね」

新堂が熱心に見ていたのは、『エイタの命がけの子育て日記』というブログだったようだ。そこには娘が熱を出し、懸命に世話をする父親の姿、クリニックに連れて行ったときの光景、娘のために作った料理や給食袋、それらの苦労話が綴られていた。掲載写真の娘の目元は隠していたが、美月を知っていれば誰なのかすぐにわかったそうだ。

一見、娘を愛する父親のブログに見えなくもないが、掲載されている内容は、自己顕示欲の塊だったという。具合の悪くなった子どもの写真を何枚も撮り、ブログにアップする行為に不穏なものを覚えた新堂は、栄太の大学時代の友人に聞き込みをし、彼の裏の顔を暴いたのだ。

美月がいなくなったという一報が入ったとき、公園に向かうまでの間、新堂は調査した内容を話してくれた。

長谷川はトイレに行くふりをして、美月の部屋にカメラを設置し、クローゼットの中に身を隠した。その間、新堂は、西田と河野に状況を説明し、河野が知世を説得した。

知世は、最初は半信半疑だったが、娘の命に関わる問題だと認識し、協力してくれた。作戦どおり、知世には「具合が悪いので今日は早く休みたい。今は娘の気持ちがいちばん大切だから、離婚については明日話し合いましょう」と栄太に伝えてもらい、自分の部屋に入ってもらった。関係を切られると思った栄太は、今夜動きを見せると考えられた。仮に本性を現さなければ、キッチンなどにもカメラを設置し、何日か観察する予定だった。

栄太は、訴えるように言った。

「今日は魔が差しただけです。今まで一度も暴力をふるったことはありません。僕は自分が不甲斐なくて、子育てに限界を感じてしまって……」

やはり、あれは美月の頬をぶった音だったのだろう。

長谷川は怒りを抑え、抑揚を欠いた声で確認した。

「虐待は暴力だけではありません。知世さんがいないときは、食べ物に下剤や洗剤を入れていたのではないですか」

栄太の顔から血の気が引いた。

長谷川は、新堂からそのことを聞かされたとき、あまりに衝撃的な内容に息を呑んだ。

「あなたが愚行に及んだのは、体調が悪くなった美月さんを献身的に看病することで、知世さんの信頼を得たかったからです」

栄太の戦略は功を奏し、知世は彼を信頼するようになったが、美月は心を許さなかった。そんな美月の態度に、栄太は強い憤りを感じていた。将来、遺産をせしめたいという欲望もあり、次第に怒りは強い殺意に変わったのだろう。

美月の不可思議な言動も腑に落ちた。食事を拒否した理由は、食後に体調が悪くなってしまうからだ。けれど、その明確な理由がわからず、「料理がまずくて、気持ち悪い」と表現していたのだ。素直な気持ちを口にすれば、わがままだと捉えられ、もうどうすることもできなかったのだろう。

長谷川は冷徹な声で言った。

「三年前、安土クリニックの院長の娘さんとあなたのお兄さんは結婚した。もうじきお兄さんが院長に就任するという噂を耳にしました」

新堂は、初めて会ったとき、安土クリニックの受付の橋田の様子がおかしいと感じた。それから何度も会いに行き、彼女はやっと真相を教えてくれたそうだ。橋田には、美月と同じ歳の娘がいるから、深刻な現状を無視できなかったという。

新堂は、皮肉めいた笑みを浮かべて言った。

「幼い頃から院長に診てもらっていたというのは嘘だったんですね。これまでも、お兄さんの智彦さんは、あなたの奇行にずいぶん困らされてきた。今回も、あなたの犯行に気づいていたはずですが、それが表沙汰になったら、クリニックも辞めなければならず、自分の生活も崩壊してしまう。だから警察に通報しなかったのでしょう。橋田さんはクリニックで、『お前がやっているのは犯罪だ。弟が犯罪者だと知られたら、身内はどうなると思っているんだ』、そう怒鳴る声を幾度も耳にしたそうですよ」

その証言をもとに追い詰めても、智彦と一緒にシラを切られたら終わりだ。明白な証拠がつかめなければ保護児童は救えない。危険が伴うが、美月に協力してもらい、栄太の真の姿を白日の下に晒し、知世に気づいてもらいたかったのだ。

栄太の顔には緊張が滲み出ていた。なにか逡巡しているように黙り込んでいる。

室内に重苦しい沈黙が流れた。

「まさか、そこまでバレてるとはね」

栄太からは、今までの柔らかい物腰は消え失せていた。目は陰湿な光を帯びている。完全に開き直って、薄ら笑いをもらしていた。

傷ついた子どもの心を回復させるには、相当の努力と時間を要する。長谷川は、抑えきれないほどの怒りが込み上げてきて思わず尋ねた。

「あなたは短い期間だったとしても、美月ちゃんの父親だった。すべてが嘘だったとは思いたくない。ひとつだけ教えてもらえませんか。美月ちゃんが負ってしまった心の傷を治すためには、どうすべきだとお考えですか」

栄太は立ち上がると、醜く歪んだ顔で吐き捨てた。

「はぁ？　心の傷？　そんなもん知るかよ。あのガキのせいで俺の人生はボロボロだよ。もうじき会社の役員になれたのに。こっちが、これからの人生をどうしてくれるのか訊きたいよ」

長谷川は義憤に駆られ、栄太の襟元をつかみ上げて壁に叩きつけた。すぐに西田がとめに入り、制するように腕を強くつかんだ。

「気持ちはわかるが、それ以上はやめろ」

西田の目には、犯人に対する怒りの炎が揺れていた。

「この先は我々にまかせてください。市民を守りたいという気持ちは同じですから」

河野は強い眼差しで言った。

長谷川は、つかんでいた襟元を放し、うなだれるように頭を下げた。

西田は「暴行罪で現行犯逮捕だ。傷害罪の容疑もあるから覚悟しとけよ」と言いながら、栄太の手首に手錠をはめた。河野と西田は乱暴に腕を引いて連行して行く。

児童救命士にやれることはなく、静まり返った部屋に取り残された。

長谷川の胸に強い虚しさが募ってきた。

「こんな危険なことはしたくなかった。美月ちゃんの傷を深くしてしまった気がします」

「俺たちの仕事は、真っ当な正義を振りかざしていても勝てない。勝てなければ、子どもの命は救えない。どんなに傷ついていても、なによりも大人になるまで生きていてくれることが大切なんだ」

新堂には、いつも迷いがない。なぜ揺るがないのだろう。たとえ世間から叩かれても、子どもを助けるためなら最強の悪になる覚悟ができている気がした。この強さは、児童救命士を続けた先にあるのだろうか——。

長谷川は慚愧の念に打ちのめされ、正直な気持ちを吐露した。

「僕は愚かですね。ずっと、栄太はいい父親だと思っていました。どうすれば三人が仲よく暮らせるのか、そればかり真剣に考えていました。情けないくらい、真実がなにも見えてなかったんです。どうして……あんな最低な親が……」

「俺たちが出会う親が特殊なだけだ。多くの親は悩みを抱えながらも、ときには自分の不甲斐なさを責め、それでも我が子を必死に守り、懸命に子育てをしている。児童救命士の仕事に、よく似ていると思わないか？」

新堂は、部屋を出て行こうとして足をとめた。「俺は、お前を愚かだとは思わない。一度、録画した映像を見てみればいい。栄太と対峙したあの子は、天使の人形をずっと握りしめていた。涙を流していたが、『これがあれば、絶対に大丈夫だ』と心底信じている強い目をしていた。保護児童は、お前を深く信じていたんだ」

長谷川は、思いがけない言葉に胸が圧され、視界が滲んだ。

周囲には、スーツケースを手にした人々が足早に行き交っている。

空港は、いつ訪れても独特の雰囲気を醸し出していた。異国へ向かう昂揚感、安全なフライトを願う緊張感などが入り混じっている。

新堂は、うんざりした顔で吐き捨てた。

「非番なのに、なんで俺まで見送りに行かなきゃいけないんだよ」

長谷川は、新堂の腕を引き、長いエスカレーターに乗って上階へ向かった。

栄太の逮捕後、警察から事情聴取を受けた橋田は、クリニックで目撃したことをすべて証言してくれた。智彦はしばらく知らぬ存ぜぬで押し通していたが、美月の頬を叩く映像を見せられて顔色が変わったという。映像や橋田の証言により、追い詰められた智彦は逃げられないと悟ったのか、これまでの弟の悪行を正直に話し始めたようだ。栄太は傷害罪の容疑で検察へ送検された。河野が電話で現状を報告してくれたのだ。

知世と栄太は離婚した。深川署に来た知世は、「幸せの意味を履き違えていた。これからは娘の真の幸せを考え続ける」、そう河野に誓ったそうだ。

知世は事業拡大のため、美月と一緒にフランスに行くことになった。美月も母といることを強く望んだという。どんなときも娘と一緒にいる。それが知世なりの贖罪なのかもしれない。

今日の夕方、旅立つという連絡を受けた長谷川は、非番だったので見送りに来た。ひとりだと寂しいので、無理やり新堂も連れてきたのだ。

「映画とかに出てくる空港のシーンって、大嫌いなんだよな」

新堂は、まだぐずぐずぼやいている。

「僕とパートナーになったのは、運命なんだから仕方ないじゃないですか」

長谷川が軽口を叩くと、新堂は「クソみたいな運命だが、甘んじて受け入れるか」と真顔で答えた。素直なのか、偏屈なのか、まったくつかめない。

エスカレーターを上がると、出発ロビーに美月と知世の姿を発見した。

新堂は面倒そうな表情を浮かべ、少し離れた場所に立っていた。

「創一、来てくれたのね」

美月は、満面の笑みで駆け寄ってきた。

「美月ちゃん、元気でね」

「これ……フランスでも使える？」美月は、自分のライフバンドを指差しながら訊いた。

胸が痛んだが、嘘をついても意味はない。それ以上に、もう嘘はつきたくない。

「それは……ごめん。フランスまでは助けに行けない」

美月は落ち込む様子もなく、笑顔で言った。

「手を出して」

長谷川が手を出すと、右手首にミサンガを巻いてくれた。ライフバンドと同じ、藍色のミサンガだった。ライフバンドには、児童救命士たちの祈りが込められている。このミサンガには、どんな想いがあるのか想像しただけで胸があたたかくなった。

美月は大人びた笑みを浮かべた。

「あなたが困っていても助けてあげられないから、お守りをあげるね」

「美月、そろそろ行かないと」

知世は丁寧に頭を下げてから、娘の背に手を添えて歩き出した。

美月は、途中で立ちどまると振り返って叫んだ。

「ギトモサイア！」

公園で初めて会ったときから、ずっとこの言葉の意味を探していた。

長谷川は旅立つ小さな背を見つめながら、「こちらこそ、ありがとう」とつぶやいた。

ふたりを見送ったあと、展望デッキに向かった。

長谷川は、離着陸を繰り返す飛行機をぼんやり眺めながら、胸にある不安を口にした。

「美月ちゃんは気丈に振る舞っていますが、ときどき夜中に泣き出してしまうことがあるそうです。父親に出て行かれ、継父に傷つけられた記憶は簡単には消せないと思います」

「あぁ、消せないだろうな。だが……」

新堂は、滑走路に入った飛行機を見つめながら言葉をつないだ。「傷は消せなくても、子どもは再生する力を持っている」

再生する力――。確証はないのに、なぜか美月にはその力があると思えた。

「お前、知っているか？　ガキの頃、人に助けてもらった経験のある者は、成長してから今度は自分が誰かを助けたいと思うようになる」

新堂はそう言うと、ちらりとミサンガに視線を移した。

長谷川は、ふいにある疑問が湧いた。

「新堂さんも子どもの頃、誰かに助けてもらった経験があるんですか？」

新堂は「さぁな」とはぐらかしてから、走り出した飛行機に目を向けた。

長い滑走路を走り、助走をつけ、重い鉄の塊が舞い上がる。翼を広げ、大空へと飛び立っていく。地上からは、乗客の命を守るという重要な使命を胸に秘めた整備士たちが手を振り、見守っていた。

安全に、幸せな旅を送れるようにと願いながら——。

第三章　リピーター

1

黒髪の少女が、微笑を湛えながら銃を構えている。

まだ十代後半のあどけない顔立ちだが、敵を見つめる大きな瞳は勝ち気な光を放っていた。制服の短いスカートから、すらりとした長い足が伸びている。スナイパーさながらに敵を睨みつけ、両手で銃を構えている姿は勇ましかった。

目の前にある液晶画面には、見慣れた街が広がっている。渋谷のスクランブル交差点だ。少女は冷笑を浮かべ、画面にあらわれる敵を次々と撃ち倒していく。

長谷川は、ガンシューティングゲームをしている少女の腕に視線を向けた。手首にライフバンドは装着していなかったが、声はかけなかった。鞄に刻印されている校章を見て、高校生だという確証を得たからだ。

ライフバンドをつけなければならないのは、義務教育期間の九年間。中学を卒業すれば、装着する義務はなくなる。けれど、高校生の自殺や彼らが殺害される事件が報道されるたび、ライフバンドの対象年齢の引き上げを求める声は大きくなる。その声は一時的なものですぐに沈静化するため、今のところ対象年齢の改正の動きはみられなかった。

ふいに嫌な気配を感じて、長谷川は隣のゲーム機に視線を移した。

新堂は真剣な面持ちで銃を構えている。もう既にステージをクリアしていた。もしかしたら巡回と称して、いつもゲームに興じているのかもしれない。

「巡回中ですよ。遊ばないでください」

瞬時に、背筋がすっと寒くなる。新堂が銃口をこちらに向けたのだ。いつものやる気のない目ではなく、闘志に満ちていた。

「邪魔するな。俺は世界を救っているんだ」

新堂は恥ずかしい台詞を真顔で言い放った。

呆れ果てて返す言葉も見つからない。世界を救っているパートナーを置いて、ひとりで二階に向かおうとしたとき、緊急出動命令の無線が流れた。イヤフォンを通して、明瞭な声が耳に飛び込んでくる。

――通信指令センターより、江戸川児童保護署へ緊急出動命令です。江戸川区西葛西二丁目××にて、救助要請あり。要救助者の名前は椎名涼太、十二歳。

長谷川は、手首に装着している無線機の通話ボタンを押した。極度に緊張しているせいで、指がひどく強張っている。

「こちら江戸川児童保護署の長谷川。現在、現場付近にて巡回中のため、要救助者の保護に向かいます。どうぞ」

すぐに通信指令センターから「了解です。長谷川児童救命士、現場に急行してください」という指示が流れてくる。

「新人、どこでそんな技を覚えたんだ」

新堂は銃をゲーム機に戻すと、薄ら笑いを浮かべながら近寄ってきた。

「早く要救助者の保護に向かいますよ」

長谷川は緊張を悟られないように言うと、屋外へ続くドアに向かって駆け出した。

以前、要救助者の近辺にいるときは、無線で連絡してから現場に急行する方法を相田から教えてもらったのだ。多くの経験を積み、早く一人前の児童救命士になりたかった。純粋な向上心だけでなく、同期に負けたくないという焦(あせ)りもある。

ゲームセンターの外に出た瞬間、思わず身震(みぶる)いした。十一月中旬ともなれば、夕方になると気温がぐっと下がる。車にトレンチコートを置いてきたのを後悔したが、駐車場まで全速力で走ると額にじんわりと汗が滲(にじ)んだ。

「今日こそは世界を救える気がしたんだけどな」

助手席に乗り込んだ新堂は、シートベルトを片手にぼやいた。

長谷川はその戯言(たわごと)を黙殺し、やるべきことに集中する。自ら出動すると名乗り出たのだ。些細(ささい)なケアレスミスはしたくない。エンジンをかけてから、サイレン、赤色灯のボタンを押す。息は切れていないのに、心臓の鼓動が激しかった。出動命令は何度経験しても緊張を強いられる。負の感情に打ち勝つためには、場数を踏むしかない。

新堂は人差し指と親指を立てて銃を作り、バンバンと子どものように流れる景色を撃っている。どうしていつも悠然と構えていられるのだろう。

長谷川は苛立(いらだ)ちが抑えられず、きつい口調で言った。

「目障りなのでチョロチョロ動かないでください」

「怖いねぇ。心に余裕のない人間は」

「新堂さんは、不安にならないんですか」

「なにが不安なんだよ」

「最近、恐ろしい夢ばかり見るんです。泣き顔の保護児童が何百人も押し寄せてきて……僕ひとりでは手に負えなくて、児童たちは学校の屋上から次々に飛び降りてしまうという最悪な夢です」

極度に緊張すると、なぜか新堂と会話がしたくなる。いつもは素直に話せない悩みを口にしてしまうのはどうしてだろう。同じ悩みを抱えているかもしれないという期待もあった。先輩に聞いた話によれば、新堂は仮眠中に悪夢を見て、叫び声を上げながら目を覚ますことがあったようだ。なにか不安なことがあるのか、彼はいつも仮眠室を使わず、休憩室のソファや自分の机で寝ていることが多かった。

新堂は、抑揚のない声で訊いた。

「お前は恐怖に苛まれてまで、どうして児童救命士を続けるんだ」

「僕みたいな臆病な人間は、この仕事に向いてないですか？」

「そうじゃない。理由が知りたいだけだ」

長谷川の脳裏に忌々しい記憶がよみがえると、懐かしさと悲しみが胸に広がっていく。少年のケラケラ笑う声が耳の奥に響く。かまびすしい蟬の鳴き声。駆け出す少年の細い足。車が急ブレーキをかけたときの悲鳴のような音。弾き飛ばされる少年の姿。児童救命士を続ける理由――。

「小学生の頃……友だちを死なせてしまったんです」

理由はわからないが、愚かな過去を聞いてほしいという衝動に駆られた。もしかしたら、ずっと誰かに罰してほしかったのかもしれない。新堂なら同情も気兼ねもなく、いつもの厳しい視点から叱責してくれる気がした。けれど、それ以上は言葉にならなかった。心と相反するように、打ち明けようとすると舌が動かなくなる。

車内が静まり返り、妙な空気に包まれた。

長谷川が覚悟を決めて助手席に目を向けると、その顔には驚きも蔑みも宿っていなかった。新堂は静かな声で「贖罪か。大変な人生だな」と言ってから窓の外に顔を向けた。揶揄の響きはなく、なぜか心から同情しているような口調だった。

通信指令センターから指示された場所は、南北に延びる広い河川敷（かせんしき）だった。木枯（こが）らしが吹き抜ける河川敷に、不安を煽（あお）るようなサイレン音が鳴り響いている。見通しがいい場所だったため、要救助者はすぐに発見できた。青いビニールシートで作ったテントの横に、五十代くらいの男と少年が立っている。一瞬、不審者ではないかと警戒したが、少年に怯（おび）えている様子は見受けられなかった。

男は無精髭（ぶしょうひげ）を生やし、薄汚れた紺色のベンチコートを着ている。髪はぼさぼさに乱れ、肌は赤黒い。児童救命士の姿を見て安堵（あんど）したのか、黄色い歯を出して笑っている。

彼の隣には、背筋をピンと伸ばした少年が佇（たたず）んでいた。華奢（きゃしゃ）な体形、肌は白く、唇は赤くて、一見すると少女のように見える。横に流した前髪の下には、意志の強そうな瞳が輝いていた。服装は、有名なブランドのロゴが入ったダッフルコートにベージュのチノパン。

「椎名涼太君だよね？」長谷川は確認した。

「そうです。僕がライフバンドを使用しました」

涼太は動揺する素振りも見せず、快活な声で答えた。

六年生の平均身長よりも低く、幼い顔立ちだったので十二歳には思えなかったが、言葉を交わすと受け答えがしっかりしていた。

長谷川は、涼太に近づくと、コートの袖（そで）をめくって手首を確認する。ライフバンドのべルトは、緑色の光を放っていた。

長谷川は指紋認証スキャナに自分の指を押し当て、サイレン音をとめてから尋ねた。

「怪我や痛いところはない？」

「ありません」

涼太は物怖じせず、短い言葉で返答した。

夕日は沈みかけ、東の空は群青色に染まり始めている。新堂はなにか気になるのか、テントの中を覗き込んでいた。

「いやぁ、びっくりしたよ。急にサイレン音が聞こえてきて慌てて来てみたらさ、この子が泣いていてね。あ、ちなみに俺の名前は裕二」

無精髭の男は、そう言いながら親しげに長谷川の肩を叩いてくる。醤油の焦げたような異臭が鼻を衝いた。

「児童を保護してくださったんですね。ありがとうございます」

「あれだよね。子どもを保護したら国から金がもらえるんだよね？」

裕二は大きな手のひらを出し、満面の笑みを浮かべている。長谷川はその手のひらを見つめながら記憶をたどり、研修で習った内容を口にした。

「児童を保護してくださった方には、国から一万円の報奨金が支給されます」

助けを求めている児童を無視する大人が出ないように、報奨金制度がある。とはいえ、児童を保護した大人たちは、報奨金はいらないという者が多いと聞いていたが——。

裕二は、嬉しそうに大声を張り上げた。

「助かるよぉ。兄ちゃん、ありがとうね」

「身分証明書はお持ちですか？　あと、報奨金の支給に関する申請書をお送りしますので、ご住所を教えていただいてもよろしいですか」

長谷川は初めてのケースだったので、確認事項を思い出しながら尋ねた。

「兄ちゃんは頭が固いな。俺はさ、郵便は受け取れないんだ。家はここだから」

裕二は、哀しそうな表情を作ってテントに目を向けた。

「しかし……申請書にご記入いただく決まりなので」

「面倒なのは嫌なんだよ。そういう堅苦しいことばかり言っていると、そのうち誰も子どもなんて助けなくなるよ。それでもいいの？　ひとまず、兄ちゃんのお金で払ってもらえないかな」

涼太は、澄んだ瞳で児童救命士ふたりの顔を交互に見つめている。

長谷川は困り果て、新堂に「こういう場合はどうすればいいんですか」と小声で尋ねた。

「お前のポケットマネーで払っとけばいいんじゃない」

新堂は適当に答えたあと、川面に石を投げて水切りをして遊んでいる。後輩を思いやる気持ちは皆無だった。

強い苛立ちが込み上げてくるが、どうにか怒りを鎮めて裕二に頼んだ。

「身分証明書だけでも見せてもらえませんか」

裕二は、渋々ポケットから免許証を取り出した。

免許証の写真を確認する。確かに裕二本人だが、身なりがあまりにも違った。写真はスーツ姿だ。ドット柄のネクタイをきちんと締めている。今よりも肌は白く、無精髭もない。

記載されている名前は、小宮裕二。生年月日を確認したところ、年齢は五十六歳。住所は練馬区。免許証の帯の色はゴールドで、有効期限は来年までだった。

裕二は、わずかに顔をしかめて忠告した。

「免許の住所には書類を送らないでよ。なるべく早くここまで持ってきて」

呆れるような言い草だが仕方ない。長谷川は申請書を河川敷に届ける約束をし、児童を保護したときの状況を確認した。

2

面談室の椅子に涼太を座らせると、部屋の隅にある内線電話が鳴り響いた。

相手は署長の里加子だ。すぐに救命部に来てほしいという。

長谷川は、上司に呼び出される理由が見当たらず、なにかミスをしたのではないかと不安に駆られた。

相田に頼んで面談室の予約をしてもらい、救命部に寄らなかったのが悪かったのだろうか。いや、先輩たちの行動を見習っただけだ。要救助者を保護してから、面談室に直行する署員は多かった。

ふたりだけにするのは不安が残るが、新堂に保護児童を頼み、長谷川は階下にある救命部に急いだ。

救命部のドアを開けた瞬間、同僚たちの視線が一気に集まってくる。国木田も相田も眉根を寄せ、険しい表情をしていた。

なにか恐ろしくなってきた。やはりミスをしてしまったのだろうか——。

「長谷川君が担当している椎名涼太君は、ライフバンドリピーターなのよ」

里加子は困り顔で重たげに口を動かした。

「リピーター？　どういうことですか」

「涼太君は、ここ三ヵ月の間にライフバンドを三回も使用している。しかも、三回とも発見された場所は、同じ河川敷なの」

長谷川は確信に近い予感に駆られて尋ねた。

「もしかして、児童を保護したのは小宮裕二という人ではないですか」

「あらら、そこまで一緒なのね」

里加子は、頭を抱え込んでしまった。

「今まで涼太君がライフバンドを使用した理由は、どのようなものだったんですか」

長谷川が訊くと、国木田は険しい顔で立ち上がり、パソコンの画面を見ながら口を開いた。

「一回目は俺が担当したんだが、そのときは腹痛だった。河川敷で遊んでいたら急に腹が痛くなり、ライフバンドを使用したらしい。どうしても我慢できないときはライフバンドではなく、救命処置の対応に優れている救急車を呼ぶように指導したんだが……。俺たちが到着した頃には快復していて、腹が痛いのは気のせいだった、と言っていた」

二回目は、別の児童救命士が対応していた。涼太は学校帰りに不審者に追い駆けられ、河川敷まで逃げてきたという。そこからは警察の案件になり、すぐに捜査してもらったが、不審者を目撃した者はいなかったそうだ。しかも、二回とも報奨金をもらっているのは裕二だ。

このような状況では懸念を抱かずにはいられない。

里加子は、溜め息混じりの声を出した。

「児童を疑いたくないけれど、今回は不正使用の可能性も考慮に入れて調査する方向でお願いします」

不正使用の可能性――。どう対応すればいいのだろう。不安が思考を埋め尽くす。けれど、弱気なところを見せるわけにはいかない。新人だからという言い訳で逃げたくない。

長谷川は「承知しました」と伝え、面談室へ戻った。

覚悟を決めてドアを開けると、場違いな笑い声が響いてくる。

新堂と涼太は、完全に打ち解けていた。不思議だったが、新堂は児童に気を遣わなくても彼らの心にすっと溶け込み、異物として認識されない能力がある。傷ついている保護児童たちは、大人を恐れ、警戒している者も多いのに――。もしかしたら、相手に危害を加えない人物だと認識させるのがうまいのかもしれない。

長谷川は、「新堂さん、少しいいですか」と手招きし、廊下に呼び出してから救命部で聞いた内容を伝えた。すると驚くことに、面談室に戻った新堂は、なんの気兼ねもなく疑問をぶつけた。

「涼太さんは、ライフバンドリピーターで、今回使用するのは三度目のようですね？」

長谷川は慌てて「ちょっと」と声をかけてとめた。こんなストレートな物言いでは保護児童の心を傷つけ、警戒心を抱かせてしまう恐れがある。

新堂は「あれ？　訊いてほしかったんじゃないのか」とへらへら笑った。

予想したとおり、涼太の顔はみるみる険しくなり、うつむいてしまった。

救命部に行っている間に頼んだのか、新堂はホットココアを優雅に飲んでいる。涼太の前にあるオレンジジュースは半分ほど減っていた。ふたりだけのときは、リラックスした楽しい時間を過ごせていたのだろう。

長谷川は椅子に腰を下ろしてから、できるだけ穏やかな声で本心を伝えた。

「涼太君が頻繁にライフバンドを使用しているのが気になったんだ。なにか悩みを抱えているなら、すべて話してほしい」

今さらごまかしても保護児童の不信感を募らせるだけだ。素直に状況の確認をした方が賢明だと思い至った。

涼太はしばらく間を置いてから、ようやく顔を上げた。

「ライフバンドを何度も使ってはいけないという決まりがあるんですか」

「いや、そんな決まりはないし、僕たちは涼太君を責めているわけではないんだ」

長谷川が動揺した声で答えると、新堂がさらりと言った。

「法やルールには必ず抜け道がある。それを利用して悪事を働いても、誰も罰することはできない。大いに活用すればいい」

皮肉がこもっていた。まるで保護児童が悪事を働いているような物言いだ。

涼太は敵か味方かを推し量っているのか、ココアを飲む新堂の姿をじっと見つめている。

長谷川は気を取り直して尋ねた。

「今回、涼太君がライフバンドを使用した理由を教えてほしい」

「急にお腹が痛くなって……具合が悪くなったんです」

「一回目のときも具合が悪くなったそうだね。そのとき、担当した児童救命士に救急車を呼ぶように忠告されたよね」

「あの、お腹が痛くなったんじゃなくて……今回は学校帰りに変な人に追い駆けられたんです」

涼太は逃げるように視先をそらし、瞼(まぶた)を伏せた。

「それは二回目と同じ理由だよね。学校帰りなら、周囲に他の児童もたくさんいたはずだ。涼太君だけが狙われたの？　不審者というのが本当なら、これから警察に連絡するけど、嘘(うそ)をついて彼らの仕事を邪魔した場合は、公務執行妨害になる可能性もあるんだよ」

厳しい言い方かもしれないが、甘い態度だけでは保護児童が抱えている闇(やみ)を知ることはできない。解決へ導くためには、抱えている真相にしっかり目を向けなければならないのだ。これまでの案件で学んできた教訓だ。

長谷川は心を鬼にして続けた。

「まずは、不審者の体格や服装、会った場所や状況を詳しく教えてくれないか。それからどうして不審者だと判断したのかも知りたい」

涼太の目に怯えの色が走ったのを見逃さなかった。やはり、彼はなにか隠している気がする。

涼太は机に視線を落としたまま、なにも語らなくなってしまったので、違う質問を投げた。

「君がライフバンドを使用した本当の理由は、裕二さんに関係しているのかな？」

涼太は泣き出しそうな顔で首を横に振った。

半年前、中学生がホームレスを暴行し、殺害してしまう事件が起きた。最近では、未成年の少年たちが公園に野宿しているホームレスを棒で殴り、重傷を負わせる事件も起きている。彼らを忌み嫌い、暴行をする少年たちの話ならよく耳にするが、今回のケースは謎が多い。

今まで黙っていた新堂が、遠慮なく切り込んだ。

「裕二さんがお金に困っているのを知り、ライフバンドの報奨金をあげるために使用したのではないですか」

涼太は、鋭い眼差しを向けて否定した。

「違います。ユウさんは関係ありません」

「裕二さんとは、どういう関係なの？」長谷川は訊いた。

「関係って……ただライフバンドを使用した場所にユウさんがいただけです」

三回とも偶然だとは思えない。「ユウさん」と呼ぶほど仲がいいのも不可解だ。

長谷川の疑念を察したのか、涼太は唐突に話し出した。

「僕はいじめられていて……学校帰りに、あいつらに追い駆けられて、河川敷まで逃げてきたところをユウさんが助けてくれて……」

　長谷川は頭を整理し、状況を確認した。

「つまり、河川敷でライフバンドを使用し、サイレンの音を耳にした裕二さんに助けてもらったということだよね」

　涼太が深くうなずくのを見てから、質問を続けた。

「どうして最初から、ライフバンドを使用した本当の理由を話してくれなかったんだ」

「それは……怖かったから。だって、これから色々調査をするんでしょ？　僕がいじめられていることを話したら、あいつらになにをされるかわからないから」

　怯える気持ちはよく理解できる。報復が怖いのだ。けれど、それを恐れていては、いじめはもっと深刻化する場合もある。

「僕ら児童救命士は、君の抱えている問題を根本から解決したいと思っている」

　長谷川が語気を強めると、涼太は戸惑いがちに言った。

「いじめなんて簡単に解決できないよ」

「もしも解決できないときは、色々な選択肢がある。だから安心して悩みを相談してほしい」

　いじめ防止対策推進法が改正され、いじめをする者が保護児童への態度を改めない場合は、謹慎処分や停学になると定められた。厳罰化に反対する声も多いが、再犯の抑止力につながっていた。罰せられるくらいなら、いじめをやめようと思う者が多いのだ。

「前回、前々回ともライフバンドを使用した本当の理由は、いじめの問題だったんだね」

長谷川の問いかけに、涼太は「すみません」と素直に認めた。

「話しづらいかもしれないけれど、苦しい現状と君をいじめている相手の名前を教えてもらえないか」

涼太はしばらく考え込んだあと、小さな声で答えた。

「相手は……同じクラスの川越孝之介です」

名前の漢字を教えてもらい、手帳に書き込んだ。

涼太は、訥々といじめの実態を話してくれた。孝之介がリーダーとなり、彼はクラスメイトから無視をされているという。上履きや運動着を捨てられ、教科書に落書きをされることもあった。そこからいじめはエスカレートし、人気の漫画本を買って来いと言われ、拒否すると追い駆けられて殴られることもあったそうだ。

孝之介が主犯格だと教えてくれたが、いじめに加担している他の生徒の名前は最後まで言わなかった。もしかしたら、涼太は限界を感じるたびにライフバンドを使用したのかもしれない。三回も助けを求めたのに、真相にたどり着けなかったのが残念だった。今回こそは、保護児童の苦しみを救ってあげたいという強い思いが込み上げてくる。

壁時計に視線を向けると、夜の七時を過ぎていた。

いじめという原因が判明したので、両親に連絡を取らなければならない。親の連絡先や住所などは、ライフバンドを支給するときに登録用紙に記入してもらっていた。転居した場合は、役所から連絡が来るようになっている。転職の際は自己申告してもらっていた。

「涼太君、これからは僕らが君を守る。ひとりじゃないからね。今から涼太君のご両親に連絡し、今後のことをみんなで話し合いたいと思っている」

「親に連絡しないとダメですか？」涼太は沈んだ声で確認した。

いじめられていることを親に知られたくないと思う児童は多いという。クラスメイトとうまくやれず、いじめの対象になった自分は、愚かな人間なのだという負い目を感じているからだ。家ではよい子を演じている児童ほど、いじめの事実を知られるのは屈辱(くつじょく)なのかもしれない。それに加え、家族に迷惑をかけたくないと考える健気(けなげ)な子もいる。

「これから調査をして、いじめの問題が改善されない場合は、他の小学校や国家保護施設にある学校に転校してもらうことになるかもしれない。国家保護施設の学校は監視が厳しく、いじめの問題などは起こりにくい体制が整っているんだ。その他にもフリースクールなど、選択肢はたくさんある。今後の相談をするためにも、親御さんの意見も聞きたいんだ」

涼太は、厄介なことになったという顔つきで眉根を寄せた。

「僕は……転校はしたくありません」

「どうして転校は嫌なの？」

「逃げたくないんです。一度逃げたら、これからもずっと逃げる人生になりそうで……」

いちばんの理想は、いじめている側に改心させ、卒業まで仲良く過ごしてもらうことだ。けれど、現実はそう簡単ではない。とても難しい案件になりそうだった。

「親に連絡してもらってもいいですけど、お父さんは病気で亡くなっていて、お母さんは仕事が忙しいから来られないと思います」

長谷川は、タブレットPCで児童の登録情報にアクセスした。個別IDとパスワードを入力すると閲覧（えつらん）できるようになっている。

母親の椎名彩華（あやか）は、名の知れた総合商社に勤務していた。住所は半年前に変更されている。以前は名古屋（なごや）にいたようだ。涼太は転校生だったのだ。

「どうして東京に引っ越してきたの」

「お母さんの仕事で……」

総合商社なら、部署によっては転勤や出張は多いだろう。

これから調査を開始するにしても、親の同意と協力が必要になる。調査期間中、保護児童は学校へは行けず、自宅にいなければならないからだ。

彩華の携帯電話の番号が記載されていたので、それを登録し、廊下に出てから電話をかけた。しばらくコール音が響いたあと、「はい、椎名です」という明るい声が聞こえた。

彩華は、息子の状況を聞くと申し訳なさそうな声で「出張で福岡にいるので、今日は戻れないんです。すみません」と謝罪した。大事な商談があるらしく、東京には明後日の午後に戻る予定だという。

母子家庭にとって、母親の仕事は大事だ。今回の件で無理やり呼び出して、仕事に支障をきたしたら問題は大きくなる。彩華の両親は他界していて、親戚づきあいもないため、面談は明後日の午後に行う予定を入れた。翌日からいじめについての調査を開始するので、学校を休むのを承諾してもらい、通話を切った。

長谷川は、心配になり尋ねた。

「お母さんは出張が多いの？」

「もう六年だから、僕はひとりでも問題ありません」

大人の不安を瞬時に読み取り、涼太は早口に答えた。

これ以上の質問は、母親を責める内容になってしまうため控えた。親への批判は、児童が心を閉ざしてしまう原因につながる。すべては研修中に習ったことばかりだ。

今後の予定を涼太に説明してから、夜も遅いので自宅まで送ることにした。新堂は、上司に保護児童の報告をするため、先に救命部に戻った。

車に乗り込んだ涼太は、センターコンソールについているサイレンや赤色灯のボタンを興味深そうに眺めている。終始大人びた雰囲気を醸し出していたが、目を輝かせて車内を見回している姿は、好奇心旺盛な少年そのもので微笑ましかった。

タブレットPCで登録内容を確認しようとすると、涼太が住所を教えてくれたので、それをカーナビに入力し、車を走らせた。

「新堂さんも児童救命士なんですか？」

「そうだよ。僕の先輩なんだ」

「もしかして新堂さんは超能力者？」

助手席にいる涼太は、冗談を言っているようには見えなかった。

「どうしてそう思ったの？」

「長谷川さんがいないときに、『あいつは面談室に戻って来たら、少しいいですか、と言って俺を廊下に呼び出す』って言ったんです。だから、どうしてわかるのか尋ねたら、『俺には未来が見えるんだ』って笑っていました」

完全に行動を読まれていた。なんとなく気分が悪くなる。

「あの人はちょっと変わっていて、いつも変な発言ばかりするんだ」

「それなら『未来が見える』というのは嘘なんですよね？」

そう尋ねる涼太の目には、不安が色濃く滲んでいる。しっかりしているように見えるが、非科学的なことを信じているなんて、やはりまだ子どもだ。涼太が急に幼く見えて、思わず顔が綻んだ。

「新堂さんに未来が見える能力が備わっていたら、涼太君はなにか困るの？」

「いえ……、そういうわけではありません。ただ、変わった人だから、もしかしたらと思ったんです」

確かに、一見鈍感そうに見えるが、相手の心理を読み取る能力は高い気がする。けれど、どう考えても特殊能力はないだろう。

涼太の家は、大通りから外れた閑静な住宅街にあった。

地中海のリゾート地を思わせる南欧風の邸宅だ。門の表札には『椎名』と書いてある。

「送ってくださって、ありがとうございます」

「誰か家にいるの？」

一階の部屋の窓から明かりがもれている。

「もしかしたらお母さんが心配して、お手伝いさんに連絡したのかもしれません」

「それなら、お手伝いさんにご挨拶してもいいかな？」

「お手伝いさんには迷惑をかけたくないので……僕からちゃんと話します。今後の相談は、お母さんとしてください」

涼太は顔をしかめた。

涼太は車を降りると、丁寧に頭を下げた。門を抜けて玄関先まで行き、チャイムを押す。

中から誰かがドアを開け、涼太が家の中に入るのを確認してから児童保護署に戻った。

3

少子化が進む時代に珍しく、青葉西小学校はマンモス校だった。

一学年五クラスあり、涼太は六年三組。担任は、二十九歳の飯田武彦という人物だった。

児童救命士がいじめについて調査をする際、感情にまかせて厳しく問い質すような話し方はしてはならない。児童の心を傷つけ、新たな問題を発生させる要因になるからだ。いじめる側にも配慮しなければならないのが難しいところだった。

新人ひとりでは心配だったのか、新堂も調査に同行した。てっきりひとりで行けと突き放されると思っていたので、長谷川は安堵の吐息をもらした。

「まずは担任に話を聞いてから、川越孝之介の順でよろしいですか」

校舎に入る前に確認すると、新堂は面倒くさそうに答えた。

「川越孝之介は、いちばん最後」

「どうしてですか」

「先に他の児童たちから話を聞き、その内容と矛盾点があるかどうか探っていく。矛盾点は自白させる有効な材料になるからな。大事なのは罪を自ら認めさせることだ」

「いじめている側に罪の意識がない場合もありますから難しいですね」

「意識？　漫画本を買って来いと言われたという証言が事実なら、相手はいじめだと認識しているはずだ。子どもだと思って侮っていると足をすくわれるぞ」

不敵に微笑んでいる新堂の横顔が不気味に思えた。

小学校の会議室に案内され、最初に面談したのは担任だった。

武彦は痩せ型で、黒縁の眼鏡をかけた真面目そうな人物だ。

「お昼休みなのに申し訳ありません」

長谷川がそう言うと、武彦は緊張した様子で首を振った。

「涼太君は転校生なのですが、特に変わった様子は見受けられず、いじめの話も知りませんでした。担任なのになにも気づけず、本当に申し訳ありません」

武彦は肩を落として、意気消沈したようにうなだれている。

いじめ問題でライフバンドを使用するという事態をいちばん恐れているのは、担任かもしれない。職員室でも肩身の狭い思いをしているのだろう。

長谷川は励ますように声をかけた。

「担任だからといって、児童のすべてを把握するのはとても難しいことです。問題解決に向けて我々がしっかり調査をしますので、ご協力をお願いいたします」

研修中、教員の気持ちも考慮しながら調査をしなければならないと習った。関係者全員に気を遣えということだ。

「他の教員の方々は、涼太君についてどのように仰っていましたか」

長谷川の質問に、武彦は表情を曇らせた。

「児童保護署から連絡を受けてから、すぐに先生方に話を伺いましたが、やはり、いじめられている姿を見たという職員はひとりもいませんでした」

「涼太君と特に仲のいい児童は誰でしょうか」

「いちばん仲がいいのは……川越孝之介君です」

長谷川は驚き、思わず横にいる新堂の顔を見た。彼はいつものように我関せずといった様子でお茶をすすっている。先輩は頼りにならないので、自分の頭で考えて行動を起こさなければならない。担任に隠し事をしても意味はないので、長谷川は正直に話した。

「涼太君から聞いた話では、いじめの主犯格は孝之介君のようです」

「そんなはずは……ふたりは転校してきた初日から仲良くしていました。修学旅行の班も委員会も一緒でしたので……私からしたら、孝之介君が涼太君をいじめているなんて想像もできません」

「孝之介君は、普段はどういうお子さんなのでしょうか」

「とても正義感が強い子で、掃除の時間にさぼっているクラスメイトを注意している姿を見たことがあります。フットサルのクラスマッチの練習に来ない児童に対しては、懸命に参加を促していました。みんなが一丸となって闘える環境を率先して作ってくれる頼もしい子なんです。それに、彼の父親は区議会議員で、PTA会長も務めてくれています。ご両親がとても教育熱心なため、成績も優秀です」

武彦から聞いた内容を鵜呑みにすれば、クラスメイトをいじめるような人物ではない。むしろ被害に遭っている児童を守るタイプだ。

「涼太君は、本当に孝之介君にいじめられていると証言したのでしょうか」

武彦が訝しげな表情で尋ねると、新堂は薄ら笑いを浮かべながら答えた。

「まだ子どもとはいえ、大人の前で見せる顔と裏の顔がありますからね。いい子を演じている児童ほど、鬱屈した感情が溜まっている場合もあります。孝之介さんについて不審な点はありませんか」

武彦は決めつけるような物言いが気に障ったのか、露骨に顔をしかめた。

「私が見抜けないだけなのかもしれませんが、孝之介君に問題行動はいっさい見受けられません。これから他の児童の調査を行うようですが、子どもたちの心を傷つける発言はなさらないように気をつけてください」

新堂のせいで、武彦に不信の念を抱かせてしまった。

長谷川は研修で習った注意事項を思い出し、マニュアルどおりの言葉を口にした。

「調査は慎重に行います。我々の仕事は誰かを罰するのではなく、最善の解決策を見つけることですので」

気まずい空気が漂う中、新堂はまた奇妙な質問を投げた。

「涼太さんの歯科健診の結果を教えてもらえませんか」

武彦は眉根を寄せたあと、手元にある資料に視線を落とした。

「健診の結果はあまりよくありませんが、それがなにか？」

新堂は自ら質問したのに、なにも返答せず、優雅にお茶を飲んでいる。こんな態度では、担任から児童保護署に苦情を入れられるかもしれない。ひとりで調査した方が、物事が支障なく進む気がして、長谷川は無性に腹立たしくなった。

武彦と相談の上、道徳の時間に児童をひとりずつ呼び出し、『多目的教室』で面談することになった。面談相手は、学級委員の男女、孝之介と仲のいい児童、あまり交流のない者たち数名に絞った。

さほど広くない多目的教室には、事務机とパイプ椅子がいくつか置いてある。床には、ベージュの絨毯が敷いてあった。

「新堂さん、どうして担任の質問を無視するんですか」

「無視なんてしてない。ただ考え事をしていただけだ」

「これからは、変な質問をして場の空気を悪くしないでください」

「安心しろ。俺は寝ている振りをする」

「はぁ？　なぜですか」

「人間は一対一の方が話しやすい生き物なんだ。それに俺が加わると空気が悪くなるみたいだからな」

ドアが開くと、学級委員の男の子があらわれた。

「先生から多目的教室に行くように言われました。日下部翼です」

翼は体格がよく、スポーツ万能な優等生に見えた。

隣を見やると、新堂はすでに寝た振りを開始している。一見、腕を組み、目を閉じて話を聞いているようにも見えるが、怪しい人物にも思える。

翼には、正面の席に座ってもらった。

長谷川は自己紹介を済ませたあと、穏やかな声で説明した。

「いくつか質問に答えてもらいたいんだけど、ここでのやり取りは誰にも言わないでほしい。それから、翼君がどんな内容を話しても、僕らは外部に君から聞いたという情報は絶対にもらさない。だから、なんでも正直に話してほしい」

翼は凛々しい表情で「わかりました」と答えた。

「同じクラスの涼太君について話を聞きたいんだ。涼太君が誰かに嫌がらせを受けている場面を見たことはある？」

翼は、少し視線を落としてから返答した。

「フットサルのクラスマッチのとき、涼太がまったく走らないから……少し喧嘩になったことがあります」

「それはいつ頃の話かな。あと、涼太君と誰が喧嘩になったの？」

「クラスマッチがあったのは九月です。最初に涼太に注意したのは孝之介です。『やる気がないなら帰れ』って怒ったんです。でも、孝之介が悪いわけじゃありません。小学校最後のクラスマッチだったので、どうしても優勝したくて、みんながんばっていたんです」

「孝之介君以外にも怒っている人はいた？」

「はい。男子はみんな怒っていました」

「怒ったみんなは、涼太君に冷たい態度を取ったりしなかったかな」

翼は唾（つば）を飲み込み、怯えた表情で答えた。

「涼太の声が……聞こえない振りをする人もいます」

「仲違（なかたが）いする前は、涼太君と孝之介君はどんな関係だった？」

「前は仲がよかったです。でも、最近は一緒にいるところは見ていません」

「クラスマッチの結果はどうだったの？」

「準優勝です。涼太は運動が得意だから……本気でやってくれれば優勝できたと思います」

そのときの怒りが憎しみに変わり、いじめに発展したのだろうか。涼太が受けているのは無視だけではないはずだ。

「他にはどんな嫌がらせを受けているか知らないかな」

「無視だけで、それ以外の嫌がらせはしていないと思います」

翼の澄んだ瞳は、なにかをごまかしているようには見えない。それに、ときどき言いづらそうに顔を伏せる仕草から、罪の意識はあるようだ。

次に多目的教室にあらわれたのは、西本咲良だ。咲良は学級委員なのだが、人前に立つのが苦手なタイプに見えた。緊張しているのか、手をぎゅっと握りしめ、あまり目を合わせようとしない。

咲良は、机を見つめながら小さな声で言った。

「涼太君と孝之介君は、今もとても仲がいいと思います」

「どうして仲がいいと思ったの?」

「だって、いつも一緒に遊んでいるみたいだから」

クラスマッチがあったのは九月だ。仲が悪くなる前の話をしているのだろうか。

「ふたりが一緒に遊んでいるところは、いつ頃見たのかな」

「最近です。塾に行こうとしたとき、ふたりでいる姿を何度も見かけました」

「そのとき涼太君は、孝之介君に追い駆けられていなかった?」

咲良は少し首を傾げてから答えた。

「ふたりで楽しそうに笑いながら歩いていました」

なぜこんなにも児童の証言が食い違うのだろう。困惑した長谷川は、助けを求めるように横を見た。新堂は身体（からだ）を前後に揺らして船をこいでいる。演技ではなく、本当に寝ているのだろうか。それを見た咲良は、くすくす笑い出した。少し緊張が和らいだようだ。

長谷川は、また質問を再開した。

「クラスマッチの練習でもめてから、涼太君と孝之介君は仲が悪くなったようだね」

「教室では話している姿を見かけませんが……でも、学校以外ではふたりは楽しそうに遊んでいます。嘘ではありません」

「僕は咲良さんが嘘をついているとは思っていないよ。ふたりに関して、他になにか気になることはないかな」

咲良は安心したのか、明るい声で言った。

「最近、学校でも仲のいい姿を見かけました。情報処理室です。ふたりは情報処理クラブに入っていて、音楽室に用があったとき、情報処理室の前を通ったら、楽しそうな笑い声が聞こえてきたんです。教室の窓から中を覗いたら、涼太君と孝之介君が笑いながらパソコンの画面を見ていました。その頃、涼太君が無視されていることを先生に話そうかどうか悩んでいたときだったので、とても嬉しくなったんです」

咲良は険しい表情になると続けた。「学校を休んでいるのは、いじめが原因なんですか？」

「まだ原因ははっきりしていないけれど、涼太君はなにか苦しんでいるようなんだ。早く解決できたらいいなと思っている」

「涼太君はとても優しいから……だから、なにか困っていることがあるなら、私も助けてあげたいです。夏休みのとき、子猫を拾ったんだけど、お母さんから飼えないと言われて。公園でどうしようか悩んでいたら、涼太君がもらってくれる人を一緒に探してくれたんです。近所の家を訪ねて『猫を飼えませんか』って、一生懸命訊いてくれた。猫の写真を撮影して、チラシも作って飼い主を募集してくれました。私ひとりだったら、飼い主を見つけられませんでした」

咲良の目には涙が溜まっていた。涼太が学校に来られないことに心を痛めているのだろう。クラスにひとりでも、本気で心配してくれる友がいる。その事実を教えてあげたかった。たとえ何十人もの敵がいても、たったひとりの味方がいてくれれば、人間は強く生きていけるときもある。

咲良と面談して心があたたかくなったのも束の間、次の錦戸悠真(にしきどゆうま)の話に嫌な予感が胸に広がった。

悠真は訝しげな表情で、部屋の隅に移動した新堂に目を向けた。

新堂は、先刻まで寝ていたのに、まだ眠そうな顔をしている。今度は鞄からシリアルを取り出して食べ始めた。おかしな人間だと判断したのか、彼の存在を黙殺して、悠真は話し出した。

「あいつが嫌われるのはしょうがないよ。性格が悪いし、マジでやばい奴だから、万引きをしているって言われているし」

「涼太君が万引きしている姿を見たの？」

「見たわけじゃないけど……噂で聞いたんだ」

「誰から聞いた？」

「だから噂で……言い出した人は知らないよ」

涼太に嫌悪感を抱いている悠真の発言は、信頼に足るものかどうか疑わしい。

「証拠もないのに疑うのはよくない。もしも嘘の情報だった場合、悠真君の発言は涼太君を深く傷つけてしまうよ」

「あいつを見ていたらイラつくんだ」

悠真の眼光が鋭くなった。「こんなのおかしいよ。児童救命士が学校に来て色々調べているのは、孝之介を悪者にしたいからでしょ？　いじめられている奴が正義なの？」

子どもの世界でも噂が流れるのは早いようだ。孝之介と仲がいいようなので、友だちが疑われているのが許せないのだろう。このままでは悠真は心を閉ざしてしまう気がして、長谷川は教えを請う態度で尋ねた。

「なぜ孝之介君と涼太君は、そんなに仲が悪くなってしまったのか教えてもらえないか」

「あいつが嫌な態度ばかり取るから、だんだん孝之介も離れていったんだ」

「嫌な態度って？」

「孝之介が言ったことにすぐ反発するし、とにかく涼太は相手を怒らせる天才って感じ」

「もう少し詳しく話してもらえないかな」

「孝之介が休み時間にサッカーをやろうって誘うと、涼太は『外は暑いからダルい』って断るんだ。だから、だんだん誘わなくなった。それをいじめとか言い出すなら、やってられないよ」

「孝之介君の提案に従わなければ、仲間外れにされる環境なの？」

「なんで悪くとるんだよ。別に……そういうわけじゃないよ」

「涼太君と孝之介君は、情報処理クラブに入っているそうだね」

「入っているみたいけど、クラブ活動なんて真面目にやってない」

児童によって、ずいぶんと話が違う。誰かが嘘を言っているのだろうか——。けれど、どの児童も演技をしているようには思えない。続いて、孝之介とあまり交流のない児童たちにも話を聞いたが、彼らからは有力な情報は得られなかった。

最後に、孝之介が教室に入ってきた。

事前に悠真からなにか聞いたのか、警戒した表情で椅子に腰を下ろした。シルバーのフレームの眼鏡をかけ、白いシャツに黒のベストを着ている。担任から成績優秀だと聞いていたせいか、思慮深くて賢そうな子に見えた。

孝之介は、絨毯の上に寝転がっている新堂の姿をちらりと見て、一瞬驚いた顔になったが、すぐにすべての表情を消した。

「授業中にごめんね。涼太君について教えてほしいことがあるんだ」

「僕はあいつが大嫌いです」

あまりにも素直な告白に、長谷川はたじろいだ。咲良が目にしたふたりの姿は、見間違いだったのだろうか——。

「どうして涼太君が嫌いなの」

「僕がなにか提案するとすぐに否定的な意見を言うし、協力してほしいときなのに反抗して和を乱すからです」

「それが原因で涼太君を無視しているの？」

「無視なんて刑事罰の対象じゃないですよね」

孝之介は、狡猾（こうかつ）そうな笑みを浮かべた。

小学生の発言だとは思えない。もしも、本当に涼太を傷つけているのだとしたら——。いじめだと認識していながら、開き直っている態度が許せない。

「君は小学六年だ。無視されたら寂しい、叩（たた）かれたら痛い、バカにされたら悔しい、やられた方は傷つくのはわかるよね」

孝之介は鼻で笑ってから、新堂に視線を向けた。

「ネットに書き込みますよ。『児童救命士が仕事をさぼって昼寝をしていた』って。僕も将来は公務員になろうかな。あまり景気に左右されないみたいだし、適当に業務をこなせばいいんですから」

長谷川は、「新堂さん！」と声をかけ、無理やり隣席に座らせた。

「もう面談は終わったのか」新堂は眠そうな声で訊いた。

「終わっていませんよ。今は孝之介君の番です」

「だったらなんで起こすんだよ」

孝之介は呆れをとおり越して、苛立っている様子だった。

「あなたたちみたいな人に税金が使われていると思うと腹が立つ」

「それなら、税金をどのように使ったらいいと思いますか」

新堂は急に真顔になると、冷淡な口調で質問を投げた。

孝之介は思案顔になり、しばらく間を置いてから答えた。

「公務員の数を減らして、彼らの給料をお金に困っている人に回せばいいんじゃないですか」

「お金に困っている人って、たとえばどんな人ですか」新堂は続けた。

「それは……ホームレスとか……」

孝之介も裕二と知り合いなのだろうか。彼らを忌み嫌う子どもがいる一方で、保護を手厚くしろと訴える児童もいる。

長谷川は、単刀直入に切り出した。

「涼太君に『漫画本を買って来い』と言ったことはある？　買って来なかった涼太君を殴ったことは？」

「ありません」

「そうだよね。本当は、君たちは仲がいいんだよね」

孝之介の顔に緊張が走った。明らかに動揺している。やはり、咲良の証言は嘘ではない気がした。手を緩めず、長谷川は続けて問いを投げた。

「学校では仲の悪い振りをして、外では一緒に遊んでいる理由を教えてほしいんだ」

「どうして仲がいいって勝手に決めつけるんですか？　僕はあいつが嫌いだし、ずっと無視しているんですよ」

「それならどうして学校帰りに一緒に遊んでいるんだ」

「いじめて楽しんでいるんですけど、それを遊んでいると思ってもらえるならラッキーですね」

孝之介は鷹揚な対応を心がけているが、瞬きの回数が多くなり、額に汗が滲んでいる。誰かをいじめている人間は、大抵その事実を隠そうとする。胸を張っていじめの事実を主張するのは不自然だ。不可思議な言動の背景にはなにかあるはずだ。ふたりは仲のよい姿を隠さなければならない理由があるのかもしれない。

「裕二さんという人を知ってる？」

「知りません」

それからいくつか質問を続けたが、孝之介は「黙秘します」と言い、なにも答えてくれなかった。

4

一回目の聞き取り調査では、確証を得られる情報は入手できず、すべてが曖昧(あいまい)なまま終わってしまった。仕方なく、もう一度河川敷に行き、裕二から話を聞くことにした。保護児童と裕二の間には、なにか隠された事情が潜(ひそ)んでいる気がして、疑惑のようなものを払拭(ふっしょく)できずにいた。

長谷川は、助手席にいる新堂を睨(にら)んだ。

「うたた寝は救命部にいるときだけにしてください」

「あれはフェイクだ。お前が児童と話しやすいようにしてやったんだ」

「それから、面談中にシリアルを食べないでください。ガリガリうるさいんですよ」

「パワハラだな。腹が減っていたんだ」

パワーハラスメントは社会的地位が優位にある人間が下位の人間に対して行うものだが、訂正するのも面倒になる。新堂は本能に忠実過ぎて話にならない。まるで子どもと会話しているようだ。いや、最近の子どもの方がよっぽどしっかりしている。

「涼太君は、本当に孝之介君にいじめられているのでしょうか。咲良ちゃんから聞いた話を信じるなら、ふたりは仲がいいはずです」

「あいつらが仲の悪い振りをする理由はなんだ？」

「それは……ふたりとも裕二さんを助けたいからです。そう考えると辻褄が合います」

「どう辻褄が合うんだよ」

「裕二さんにお金をあげたい。けれど、何度もライフバンドを使えば、不正使用が露見する。だから仲が悪い振りをして、いじめられているという状況を作り上げたのではないでしょうか」

「小宮裕二のためにそこまでやる理由はなんだ」

確かに、裕二を助ける理由が見当たらない。社会的弱者への同情心だろうか。孝之介は、公務員の数を減らして、彼らの給料を困っている人に回せと憤っていた。

新堂は、窓の外に目を向けながら言葉を放った。

「真実を隠そうとする者には、必ず理由が存在する。理由の裏には、猜疑心、虚栄心、羞恥心、自尊心、競争心、なにかしらの『心』が隠れているものだ」

涼太の心に巣くっている感情はなんだろう。闇の正体はどんな姿なのか——。

車外に出ると空はどんよりと暗く、今にも雨が降り出しそうな気配だ。

河川敷まで歩き、青いビニールシートのテントまで向かった。

「裕二さん、教えてほしいことがあります。少しお時間をいただけませんか」

長谷川がビニールシートを捲った瞬間、驚くべき光景が目に飛び込んできた。

「どうして……ここに……」

涼太は身体を硬直させたあと、気まずそうに顔を伏せた。

新堂はさして驚いたふうもなく、靴を脱いで「おじゃまします」と中に入って行く。

「ユウさん、うまそうだね」

新堂は、ガスコンロに置いてある鍋を覗き込みながらのんきな声を出した。鍋の中には、カレーが煮立っている。

「だ、だろ？　俺のカレーは世界一うまいんだ。カレー屋でも始めようかな」

裕二は、慌てて取り繕うように答えた。彼のそばには、牛肉が入っていたパックが置いてある。値段は二千円だった。

長谷川は、昨夜一睡もできなかった。いじめ問題に取り組むのが初めてだったからだ。クラスメイトから傷つけられ、心を痛めている涼太をどうにか救いたかった。彼の希望を考慮し、転校せずに学校で楽しく過ごせる方法はないか、明け方まで必死に考え続けたのだ。

　長谷川は、悔しさを押し殺して訊いた。

「涼太君、調査が終わるまでは、家から出ないでほしいとお願いしたよね。この河川敷は、孝之介君に追い駆けられて、たまたま逃げてきた場所だ。それが本当なら、何度も来るような場所じゃないはずだ。いじめられているという証言は嘘だったの？」

　涼太はなにも答えず、敵意のこもった視線を投げつけてくる。

「裕二さんにお金を渡したくてライフバンドを使用したんじゃないのか？」

　長谷川が憶測を口にすると、涼太は真っ赤な顔で激昂（げきこう）した。

「お前らがいけないんだ！　お前らが役立たずだから悪いんだよ！」

「僕らのなにが悪い？」

「どうして……野宿しないといけない人がいるんだよ。ユウさんみたいな人たちの対策は厚生労働省がやっているんだろ？　それなら、お前らは困っている人の役に立ってないじゃん」

「それは違う。国は生活困窮者に対して、生活保護費の支給や宿泊場所としてシェルターも用意している。様々な自立支援活動も行っているんだ」

「だったら、どうして貧乏人がいるんだよ。それって、国の対策がしっかり機能してないからだろ」

裕二は、苦渋に満ちた顔で口を開いた。

「涼太の気持ちは嬉しいけどさ、この人たちを責めるのはお門違いだ。兄ちゃんが言うとおり、俺たちみたいな人間にも国はしっかり手を差し伸べてくれている。この生活から抜け出せないのは、俺自身に問題があるんだよ」

長谷川は驚きのあまり、目を見張った。

涼太が大粒の涙をこぼしていたのだ。悔しそうに顔を歪め、両の拳を固く握り、歯を食いしばっている。

「なにが生活困窮者だよ。バカにするな！」

涼太はそう言い残して、テントを出て行ってしまった。

すぐに追い駆けようとしたが、新堂がとめるように長谷川の腕をつかんだ。その目は、まるで「お前になにができる」と問いかけているような鋭い視線だった。

想定外の展開にうまく頭が回らず、言葉が出てこない。

涼太は、なぜここまで裕二に感情移入するのだろう——。少年の身体からあふれていたのは、紛れもなく怒りの感情だ。国や大人に向けた激しい憎悪だった。

長谷川は不可解な思いに囚われ、湧き上がってくる疑問の答えを知りたくて尋ねた。

「裕二さん、本当のことを教えてもらえませんか。どうして涼太君は、あんなにも感情をむき出しにして怒るのでしょうか。あなたと涼太君の間には、なにがあるのですか」

裕二はしばらく黙り込んだあと、しゃがれた声で言った。

「兄ちゃん、悪いな。これでも俺は、あの子の親友なんだ。だから秘密はもらせない」

「僕らは児童救命士です。苦しんでいる少年を悪い方へは導きません。お願いします。真実を教えてください」

「どれだけ頼まれても無理だ。あの子を裏切れない」

救助の手を差し伸べられるチャンスなのに、綺麗ごとを吐く裕二に怒りを感じた。捨て猫の飼い主を一緒に探してもらったという咲良の話が頭をかすめた。涼太は困っている人を放っておけない、とても優しい少年なのかもしれない。もしも、裕二のためにライフバンドを使用し、金を稼いでいるのだとしたら、あまりにも不憫だ。子どもにそこまでさせて、金を手に入れたいという卑しい根性が許せない。

長谷川の口から思わず本音がこぼれた。

「涼太君の苦しんでいる姿を見て、なにも思わないんですか。あなたは、それでも大人ですか――」

新堂は抑揚のない声で遮った。

「自分の力のなさを誰かのせいにするな。ユウさんは立派だ。子どもとの約束を簡単に破る人間の方が、大人じゃない」

「新堂さんは前に言っていましたよね。俺たちが守るのは大人じゃないって。あれは嘘なんですか」

「それは俺の信念だ。お前が共有する必要はない」

「先輩のくせに……無責任ですよ」

「先輩、上司、親、教師、教祖、そいつらが言うことはすべて正しい。そう信じて生きていけば楽だ。自分の頭で考えなくて済むからな。だが、そんな生き方をしていたら自由を奪われる。自由を奪われたら心まで拘束され、大切なものが見えなくなる。お前は、お前らしい児童救命士になればいい」

腹の底から怒りが込み上げてくる。裕二や新堂を責めたいわけじゃない。そんなことはわかっている。いちばん腹が立つ相手は……保護児童の真の気持ちに気づけない自分自身なのだ。不甲斐なくてどうしようもなかった。脳裏で「お前らが役立たずだから悪いんだ」という声がいつまでも響いていた。

児童たちから話を聞いてもはかばかしい成果はなく、裕二は真相を語らないまま時間だけが過ぎた。

長谷川は、激しい脱力感と徒労感を覚えながら車に乗り込んだ。

「飯でも食いに行かないか。うまい食堂があるんだ」

新堂は、重苦しい空気を破るように声をかけてきた。

「飯って……シリアルしか食べないじゃないですか」

特別おもしろい発言をしたわけではないのに、新堂は笑いを堪えているような顔で「あぁ、そうだな」とつぶやいた。

長谷川はアクセルを踏みながら、先刻から気になっていた疑問をぶつけた。

「カレーの牛肉は、ライフバンドの報奨金で買ったものでしょうか」

「違うだろ。少なくとも今回の報奨金で買ったものじゃない」

「どうしてそう言い切れるんですか」

「まだ申請書を渡してないだろ」

急に恥ずかしくなり、顔が熱くなった。問題解決への糸口を見つけることばかりに没頭し、冷静に物事を判断できなくなっていた。

新堂に道順を指示され、「うまい食堂」に向かった。十分ほど車を走らせると、団地に到着した。七階建ての古い建物だ。

「ここに飲食店があるんですか」

長谷川は、薄汚れた外壁を見上げながら訊いた。

新堂は黙したまま車を降りると、団地に向かって歩き出した。不思議に思いながらも、慌ててその背中を追い駆けた。

新堂は郵便受けの奥にある階段を上がり、二階の青白い蛍光灯に照らされた廊下を進んでいく。幾度も訪れているかのように、足取りに迷いはなかった。いちばん奥にある二〇六号室の前で歩みをとめた。ドアには、『救いの森』と書かれたドアプレートがある。

この先に食堂があるようには思えないが、周囲には食欲をそそる甘い匂いが漂っていた。

チャイムを鳴らしてしばらく待っていると、ドアの向こうから七十代くらいの老女が顔を出した。一瞬、おとぎ話に出てくる魔女を連想した。白髪の交じった短髪。皺だらけの顔には、大きな瞳と小さな鼻と口。小柄だが、意志の強そうな眼力の持ち主だった。薄紫のワンピースの上から、抹茶色のエプロンをつけている。エプロンの中央には、森の絵が描かれていた。

老女は、品定めでもするかのように長谷川の全身に目を走らせてから口を開いた。

「これが新人か……ぼえよな男じゃ」

方言？　なんて言ったのだろう。新堂が腹を抱えて笑っているのを見ると、悪口なのかもしれない。

「なごうみらんじゃったが。入れよ」

老女は上目遣いで新堂を見ながら、ぶっきら棒な口調で言った。

長谷川は恐るおそる自己紹介をしてから、中へ入った。

玄関にはサンダルとスニーカーが置いてある。スニーカーは黒地に白のスカル柄。若者の履きそうな靴だった。

狭い廊下を進むと、ダイニングキッチンがあり、奥にも部屋があるようだ。

ダイニングテーブルには、中学生くらいの金髪の少年が座っている。テーブルに肘(ひじ)を突き、面倒そうにパンを口に運んでいた。コッペパンにナポリタンが挟んである。少年は鬱陶しそうな目でこちらを見たが、またすぐに食べ始めた。

孫だろうか。行儀も目つきも悪く、耳にはリングのピアスをつけている。

「新人は、なに食う？」

突然、老女にそう訊かれ、長谷川は困惑した。

「キヨさん、今度は焼きそばパンが食いたい」

すかさず少年が答えると、キヨは棘(とげ)のある口調で返した。

「海斗(かいと)には訊いちゃおらん。新人に質問しちょっとじゃ」

キヨは大きな目で長谷川を睨み、答えを待っている。まるで喧嘩を売っているような態度だ。

「あの……ナポリタンできますか？」

長谷川は、緊張を滲ませた声で答えた。

キッチンの床にはいくつかダンボール箱が置いてあり、中には大量のパスタが見える。

他のダンボールには、トマト、ピーマン、玉ねぎが入っていた。

「座っちょけ」

キヨはいつもそうなのか、たまたま機嫌が悪いのかわからないが、大股(おおまた)でキッチンに歩いて行った。

新堂は、食器が置いてある棚の引き出しからシリアルを取り出し、ベランダの方へ向かっていく。ガラス戸を開け、靴下のままベランダに出ると、空を眺めながらシリアルを食べ始めた。

「座れば」

海斗に声をかけられ、長谷川は慌てて少年の正面に座った。

「君は、キヨさんのお孫さん？」

海斗は鼻で笑うと、「あの人がばあちゃんだったら最悪だよ」と吐き捨てた。口調は嫌そうなのに、なぜか顔は穏やかな表情だった。

「なんか言うたか？　まだ耳は遠くねで気をつけよ」キヨは叫んだ。

海斗は両肩を少し上げると、「年寄りだと思って油断しない方がいいよ。マジで怖いから」と小声で忠告してくる。

キッチンの方から、玉ねぎとにんにくを炒(いた)めているような香ばしい匂いが漂ってきた。

キヨは手慣れた仕草でフライパンを動かし、ベーコンやピーマンを投入する。まるでプロの料理人のような鮮やかな手さばきだった。

「海斗君とキヨさんは、どういう関係なの？」

「他人」

「おっさんだって、キヨさんとは他人だろ。だったら、なんでここにいるんだよ」

「新堂さんに、うまい食堂に行こうって誘われたから……」

海斗は、ベランダの方をちらりと見てから訊いた。

「そっちは、新堂さんとどういう関係？」

「同じ職場で働いているんだ」

「へぇ、あの人にも職場に仲のいい奴がいるんだ」

しばらく海斗と意味のない会話を繰り返していると、テーブルにナポリタンの皿が置かれた。

「食え」

キヨが持ってきたのは、大きな皿にのせられた多量のナポリタンだった。三人前くらいありそうだ。

「新堂さん、食事の準備ができましたよ」

長谷川が声をかけると、キヨは目の前にフォークを差し出した。

「ひとり分じゃ」

「え？　これひとりではちょっと……小皿を……」

キヨは不敵な笑みを浮かべて、「はよ食わんか」と強い口調で言った。海斗はにやにやしながら、やり取りを眺めている。

腹は減っていたが、食べきれるか不安だ。けれど、ここでまた小皿を要求したら、怒られそうなので覚悟を決めた。ピーマンとパスタを絡めて口に入れる。ケチャップではなく、トマトを刻んで混ぜているので、甘さは少し控えめだ。オリーブオイルで炒めたにんにくと玉ねぎの香ばしさが口の中に広がる。多めに入っている玉ねぎの甘さとトマトの酸味が絶妙だった。表面をカリッと焼いた厚切りベーコンも食欲をそそる。

「うまい」

「当たり前よ。腹いっぱい食え」

キヨは目尻に皺を寄せて笑った。初めて目にした笑顔だからだろうか、少女のように可愛らしく見えた。

長谷川は罪悪感に苛まれ、もう一度声をかけた。

「新堂さんは食べないんですか？　このナポリタンすごくおいしいですよ」

「無理じゃ。あん子は中三の頃から、あげなガリガリしたもんしか食べん」

「中三？　キヨさんと新堂さんは、どういうご関係なんですか」

「おいが息子だ」

ナポリタンを口に入れたまま、息を呑んだ。思考が停止する。しばらくしてから頭が働き始めると、妙な違和感を覚えた。

「キヨさんは、どちらのご出身なのですか」

「鹿児島よ」

「それなら新堂さんも鹿児島で育ったんですか」

一瞬、キヨは物憂げな表情を見せた。

「なんよ、職場の人間をここに連れて来たのは初めてじゃっで、わが生い立ちを話してるかと思った。あん子は、里子だ。子どんの頃は東京の児童養護施設におったどん、小学六年の頃に引き取り、おいの息子になったとよ」

長谷川は耳を疑った。勝手な想像だが、新堂は恵まれた環境で育ち、東京の大学を卒業し、厚生労働省に入省したとばかり思っていた。偏見かもしれないが、キヨのような人物が里親だという事実にも驚愕した。里親というのは、もっと人当たりのよさそうな人物だという先入観を抱いていたからだ。

「新堂さんのご両親は？」

キヨの瞳に翳りがさした。

「本当の親のことは、あん子に訊きなさい」

そう言い残すと、キヨはキッチンの方に歩いて行ってしまった。

「あのふたり、謎だよな」

海斗は興味深そうな顔つきで、声を潜めて言った。

「もしかして……海斗君も里子なの？」

「俺は違うよ。クソみたいな親だけど、本物の親はいる。うちのババア、たまにしか料理しねぇから、キヨさんに食わせてもらってるんだ」

ある言葉が頭に浮かんだ。ここは無料または安い値段で食事ができる『子ども食堂』のような場所なのだろうか。子ども食堂は国の施策ではないが、民間団体などが協力して、貧困家庭の子どもたちに食事を提供している場所だ。

「三ヵ月くらい前は、シズカばあちゃんが料理を作ってくれてたんだけど、病気で倒れて入院しちゃったんだ。もともと、ここの費用は新堂さんが出してくれていて、キヨさんを鹿児島から連れてきたのも……」

海斗はベランダをちらりと見てから小声で続けた。「新堂さんって、冷たそうに見えるけど本当は優しいんだ。キヨさんの旦那が死んで、ひとりぼっちになったから、東京に呼び寄せていたみたい。でも、キヨさんが『ひとりで生きていける』って言い張って拒否したからさ、子どもに飯を食わせてやってほしいって理由をつけて、こっちに呼んだんだ」

長谷川はドアプレートを思い出して尋ねた。

「食堂の名前は児童保護署の通称と同じ『救いの森』っていうんだね」

「新堂さんがつけたんだ。苦しんでいる人を救いたいと思う者がひとりでもいれば、そこは『救いの森』になるんだって。この世界が森だらけになればいいって言ってた」

ベランダに目を向けると、新堂の細い背中が見えた。あの背中には、とても重い荷物を背負っていたのかもしれない。パートナーがどのような生い立ちなのか、今までなにも知らなかった。

長谷川は食事の礼を言い、キヨの食堂を辞した。こんなにたくさん食べたのは久しぶりだった。腹がかなり膨れている。児童救命士の仕事を始めてから食が細くなっていたので、完食できるとは思わなかった。

新堂は階段を下りると、なぜか車には向かわず、団地の前にある狭い道を歩き出した。予想だにしない生い立ちを聞いたせいか、気まずい空気が漂っていて、質問は山ほどあるのにうまく声をかけられないでいた。しばらく歩いて行くと、新堂の姿が消えた。近くにある公園に入ったのだ。

夜の公園は静寂に包まれている。ジャングルジム、砂場、滑り台。外灯に照らされた遊具は、どれも物悲しく映った。

新堂は、緩慢な動きでブランコに腰を下ろした。

長谷川もブランコに座ると、思いきって尋ねた。

「児童養護施設にいたんですね。ご両親……どうされたんですか」

「幼い頃、親は離婚したんだ。俺は母親に育てられていた。けれど、母親は愚かな行為をし、実刑判決が言い渡された」

新堂は、それ以上語りたくなかったのか、首を反らして夜空を見上げた。なぜか彼の横顔は、祈りを捧げているような、誰かを悼んでいるような表情に見えた。

ふいに、「どうして児童救命士を続けるんだ」と問われたときのことが頭によぎった。友だちを死なせてしまった、そう答えると、新堂は静かな声で「贖罪か。大変な人生だな」と言った。軽蔑せず、心から同情している口調だったのは、彼もつらい過去を抱えていたからなのかもしれない。母親と引き離され、児童養護施設に入所した幼い頃の新堂の姿を想像しただけで、胸が締めつけられるように苦しくなる。

新堂は、ブランコを揺らしながら口を開いた。

「優秀な児童救命士になる必要はない。正論ばかり口にする立派な人間を目にすると、人は自分の愚かさを覆い隠したくなるものだ。それに、保護児童は強い大人に心を開くわけじゃない。痛みを理解してくれる大人に心を開くんだ。だから……薄汚い、消し去りたい過去が存在したとしても、たまには役に立つ」

薄汚い過去が役に立つ――。そう断言できるまで、どれほどの年月を必要としただろう。

気づけば、自分は優秀な児童救命士を目指していたのかもしれない。ヒーローのように鮮やかに子どもを救えるような。そんな理想を抱いていては、真相にはたどり着けない。

泥臭く、執念深く、深く傷つく覚悟を持って真相に迫らなければ、彼らの痛みに寄り添えない気がした。

「明日、もう一度孝之介君と涼太君に会ってきます」

長谷川は決意を口にした。

優秀な児童救命士としてではなく、強い大人としてでもなく、脆(もろ)い心を持つひとりの人間として、彼らと向き合ってみたかった。

5

翌日、青葉西小学校に着いた頃、長谷川の携帯電話が振動した。

相手は、新堂だった。

『涼太の母親は、六時からの面談に来られないそうだ』

「どういうことですか?」

『仕事が忙しくて無理だと言っている』

「そんな……子どもがライフバンドを使用したんですよ」

『理解した上で、それでも来ないんだ。俺はこれからユウさんに申請書を渡してくる』

そう言って、電話は切れてしまった。

涼太の母親には期待できない。保護児童の気持ちを考えると、大切な人から見捨てられたような強い孤独を感じた。けれど、落胆している場合ではない。こうなれば孝之介と、涼太の家にいたと思われる、お手伝いさんを頼るしかない。

四時を過ぎた頃、孝之介がひとりで校門から出てきた。

「孝之介君、少し話を聞かせてもらえないか」

長谷川は慌てて声をかけたが、孝之介は無視して足早に歩いて行く。あとを追い駆けながら懇願した。

「お願いがあるんだ。涼太君について教えてほしい」

「どうして学校帰りに待ち伏せするんですか。昨日みたいに学校に来て話を聞けばいいじゃないですか」

孝之介は足をとめずに冷たい声で言い放った。

「学校じゃなくて、外で話をしたかったんだ。児童救命士と児童ではなく、同じ気持ちを抱える仲間として」

「仲間？　僕が涼太をいじめていたんだ。もうそれでいいでしょ」

「よくない。よくないから来たんだ」

「仕事で失敗したら昇進できないから焦ってるんですか？　あなたみたいなタイプ苦手です。表面的に子どもを助けて、いい気分になりたいだけの大人」

「人を救うことはとても難しい。そのことは、君も理解しているはずだ。僕は、涼太君を苦しみから救いたい」

孝之介の目に初めて感情が宿った。

「あなたになにができるんですか」

「もう……子どもが死ぬ姿を見たくないんだ。子どもが殺されたという事件も耳にしたくない。もう二度と……失敗したくない」

孝之介は怯えた表情になり、神妙な声で訊いた。

「失敗って……死なせたことがあるんですか」

長谷川は、うなだれるようにうなずいた。

「小学五年の頃、大切な親友を死に追いやってしまった。大人は万能ではない。だけど、大人だからこそ解決できる問題もある。僕を信じてもらえないか」

孝之介はしばらく逡巡したあと、静かな声で問いかけた。

「親友は……どうして死んだの？」

長谷川は左耳を押さえた。激しい耳鳴りがする。軽蔑されるのを覚悟で話した。

「小学五年の頃、僕は父の転勤で他県に引っ越したんだ。新しい学校の環境に馴染めなくて、それに気づいたクラスメイトの一成は、いつも僕を助けてくれた」

一成は、運動が苦手だった長谷川に、バスケットボールやサッカーのシュートのコツを教えてくれた。そのおかげで、体育の時間に活躍できるようになり、クラスに溶け込めるようになった。

長谷川は恩返しをしたくて、一成の苦手な英語を教えた。家が近かったふたりは、英語の歌を一緒に歌いながら帰った。楽しく覚えたせいか、ぐんぐん成績も上がり、あの頃はふたりで協力すればなんでも乗り越えられる気がした。

けれど、夏祭りの日に哀しい事件が起きた。

神社で待ち合わせをしたのに、どれだけ待っても一成はあらわれなかったのだ。親友が約束を破ったことは一度もない。心配になって幾度も家に電話をしたが、コール音が虚（むな）しく響くだけだった。嫌な予感を覚えた長谷川は、一成のアパートを訪ねたが、酒の匂いを漂わせた父親から「今はいない」と、そっけなく言われて追い返された。

それ以上なにもできず、落ち着かない夏休みを過ごした。

夏休み明け、教室に入ってきた一成の姿を目にした瞬間、クラスメイトの誰もが驚愕した。小麦色の肌は真っ白になり、病気なのではないかと心配になるほど痩せていた。長谷川は、なにがあったのか尋ねたが、一成は「なんでもない」としか答えてくれなかった。

しばらくしてから、「一成の母親が遺書を残して家を出て行ったらしい」という噂を耳にした。長谷川の母親が近所の人から聞いたのだ。けれど、真偽を確かめることはできなかった。親友だからこそ、噂好きの連中のように自ら確認したくなかったのだ。

一成の父親は長距離トラックの運転手をしていて、家に帰らない日もあった。そのせいか、母親が出て行ったという噂が流れてから、一成は学校の帰りにスーパーでパンを買うようになった。その姿を何度か目撃した長谷川は、これ以上、痩せていく姿を見たくなくて、思いきって「僕の家で一緒に夕飯を食べよう」と誘った。

喜んでくれると思ったが、一成は悔しそうに顔を歪めて、「俺の母親のこと知っているんだろ」と震える声で訊いてきた。子どもながらに、ここで嘘をついたら絆がすべて壊れてしまう気がして、正直に「知っている」とうなずいた。

一成は矢継ぎ早に「可哀想だと思う？ ダサいと思う？ 今までどうしてなにも知らない振りをしていたんだよ！」と責め立てた。

興味本位で聞くのはよくないと思い、真実を話してくれるのをずっと待っていたのだ。けれど、あの頃はその気持ちをうまく説明できなかった。気づけば長谷川は泣きながら「一成、食べてよ。ご飯はちゃんと食べてよ」と懇願していた。もうそれしか言えなかった。いちばん伝えたい想いだったのだ。

その言葉を聞いた一成も「お母さんみたいなこと言うなよ」と、泣き出してしまった。

感情が鎮まる頃、小さな声で「お母さんと喧嘩したんだ」と話してくれた。きっと誰かに話さなければ、もう耐えられないほどつらかったのだろう。

朝食で出された牛乳を残して怒られた一成は、母親に「うざいよ、消えろ」と怒鳴り、家を出たという。その日、母親は自殺をほのめかす遺書を残していなくなった。遺書については父親から聞いたという。一成は、自分のせいで母親がいなくなり、どこかで自殺してしまったのではないか、そう考えていた。それが原因でご飯が食べられなくなったのだ。

このままでは身体がおかしくなってしまうと思った長谷川は、街中で一成の母親を見かけたと嘘をついた。母親が生きていると思えば、また給食をたくさん食べてくれるはずだ。元気な一成に戻ってほしかった。悪気のない嘘だったのだ。

けれど、三日後、一成は車に轢かれて息を引き取った。

事故の瞬間を近所の人が目撃していた。赤信号だったのに「お母さん！」と叫びながら大通りに飛び出したらしい。通りの向こうには、一成の母親によく似た人物が歩いていたという。

長谷川は、孝之介の目を見据えながら言った。

「僕があんな嘘さえつかなければ、一成は事故に遭わなかったかもしれない」

「あなたが悪いわけじゃ……一成君のお母さんが家を出て行かなければよかったんだ」

孝之介は、悔しそうに吐き捨てた。

「悪いのは母親だけじゃない。父親も同罪だ。本当は、母親は男と一緒に家を出て行ったのに、父親は世間の目が気になり、息子や近所の人には失踪したという作り話をした。母親は二度と帰ってこないとわかっていたから、『どこかで死んだ』と思わせるために、遺書を残していったという嘘の話を息子にしたんだ。父親は葬儀の日に『俺が悪かった』と泣き叫んでいた。結局、みんなで一成に嘘をついて、苦しめたんだ。僕は今もずっと探している。あのとき、親友になにができたのか、なにをすべきだったのか」

他の子どもを救っても、一成についた嘘が許されるわけではない。けれど、この国に苦しんでいる子どもがいるのなら、黙って眺めてはいられない。

「孝之介君には、僕と同じような経験はしてほしくないんだ。どうか、涼太君の真実を教えてください」

長谷川は頭が膝につくほど、深く頭を下げた。

小さな一軒家は、廃墟と呼んでいいほど老朽化が進み、外壁の塗装ははがれ落ち、薄汚れていた。玄関の前には、空き缶やペットボトルが寂しげに転がっている。

長谷川は意を決してチャイムを押したが、中から物音はいっさい聞こえない。誰も出てこないので、何度もドアを叩いた。

「児童救命士の長谷川だ。開けてくれないか」

そう声を張り上げると、しばらくしてからゆっくりドアが開いた。

「……なんの用？」

ドアの隙間(すきま)から暗い顔が見える。涼太は、怯えているような目をしていた。

長谷川はドアを大きく開き、靴を脱いで家の中に上がった。

「勝手に入らないでよ」

涼太の制止する声を振り切り、部屋の中に踏み入る。どの部屋もゴミだらけだった。流し台には洗っていない皿が散乱し、小さな虫が飛んでいる。悪臭も漂ってくる。流し台の下には、ワインのボトルや脱ぎ捨てられた服がたくさん落ちていた。

孝之介から聞いた話によれば、ここは涼太の母親である彩華の実家らしい。彩華の母親は三年前に他界していて、父親がひとりで住んでいた。電話で話したとき、両親が他界していると言っていたのは嘘だったのだ。去年父親は体調を崩し、今は地方にいる彩華の兄の家で暮らしているという。彩華は誰もいなくなったのをいいことに、家賃のいらない実家に引っ越してきたのだ。

長谷川は声を振り絞って訊いた。

「お母さんは、ずっと帰ってきてないんだね」

「なに言ってるの？　夜は遅いけど、出張がないときは毎日帰ってくるよ。お母さんは片付けが苦手だけど、いいところもあるんだ。他の親みたいに細かいことで怒らないし」

奇妙に感じるほど明るい声で、涼太はまくしたてた。

長谷川は今しがた知り得た事実を口にした。

「この前、車で送っていったときの家は、君の自宅ではなかったんだね」

あの南欧風の邸宅は、ここから近いが、涼太の家ではなかった。表札が『椎名』だったので疑わなかったが、登録住所と番地がわずかに違っていたのだ。事前にしっかり確認すべきだった。

先ほど、南欧風の邸宅に向かうと、七十代くらいの女性が出てきた。彼女は、咲良が拾った猫を引き取ってくれた人物だったのだ。涼太から「母親は仕事が忙しい」という話を聞き、哀れに思った彼女は、ときどき夕食を食べさせていたという。けれど、たまに実家に帰ってくる彼女の娘は、それを快く思っていなかった。そのため、娘がいる日は、涼太を家に上がらせることはできなかったと寂しそうに話してくれた。

涼太は生活に困窮しているのを知られたくなくて、同じ名字なのを利用し、カモフラージュしたのだ。よく見ると、涼太が着ているトレーナーは色あせ、襟（えり）まわりは伸びている。ズボンの膝の部分には穴があいていた。

今ならわかる。畳の上に転がっているコートは、偽物のブランド品だ。わずかな差異だが、ロゴマークが違うのだ。給食費も文具代も払えない、食べる物にも事欠く生活だったのだ。

「生活費がなくて、ライフバンドを使ったんだね」

「違うよ。いじめだって言っているだろ」

長谷川が水道の蛇口をひねってみると水は出てこない。子どもひとりでは、どうすることもできない過酷な現状に身を置いていたのだ。

長谷川は、残酷な問いを投げた。

「もう限界だったんじゃないのか」

「限界だとしたらなんだよ？　お前なんかになにができるんだよ！　国がなにをしてくれるっていうんだよ。ユウさんのことだって……」

「ユウさんを引き合いに出すのは卑怯(ひきょう)だ。他の人を助ける振りをして、自分の弱さを隠しても問題は解決しない。なぜならば、これは君自身の問題だからだ」

「僕がなにをしたっていうんだよ。お父さんは病気で死んじゃって……ただ貧乏なだけで……」

涼太は、瞳に涙をためて続けた。「嘘の理由でライフバンドを使ったんだ。警察に連れて行けよ」

小学生の少年が、この異常な状況を隠し、耐え忍んできた理由はひとつしかない。

「君がいちばん恐れているのは、お母さんと引き離されることだ。違うか？」

「違うよ。あんたはなにもわかってない。僕じゃなくて……お母さんが生きていけなくなるから……だから……」

「母親は男と旅行に行ってくると言い残して家を出た。それから何ヵ月も帰ってこない母親が、息子を大切にしているとは思えない」

「調べたの？」

「それが仕事だからね」

孝之介から詳しい事情を聞いた。真相を教える代わりに涼太を助けてほしい、と頭を下げられた。彼らの関係は、長谷川と一成にとてもよく似ていた。親友だったのだ。

ふたりは、ライフバンドで金をもらうために仲の悪い振りをした。三度目ともなれば、そろそろ怪しまれると考え、いじめという偽（にせ）の問題を作り上げたのだ。

裕二との出会いはコンビニだったようだ。万引きしようとした涼太を注意し、事情を知った裕二は、食事に困っているなら食べに来いと誘ったそうだ。裕二も金に困る生活をしていたため、涼太を助けたくてライフバンドの不正使用に加担した。

長谷川は、現状を確認した。

「お母さんがいつ帰ってくるのか、それさえわからないんじゃないのか？」

涼太は目に怒りを宿して、長谷川を睨んだ。けれど、手や足は小刻みに震えている。

「日にちなんてわからない。でも必ず帰ってくる」

「どうしてそう言い切れるんだ」

「あんたには……わからないよ。お母さんは、僕が熱を出したとき、バニラのアイスを買ってきてくれるんだ。布団に寝転がって一緒に食べるんだ。道で転んで膝を擦りむいたときは、傷に息を吹きかけてくれる。お母さんは、今は男とうまくいっているけど、すぐにダメになる。いつもそうなんだ。ダメになったら帰ってくるよ。そのとき、僕がいなかったら死んじゃうから……『お母さんは、涼太がいるから生きていける』って、いつも言うから」

こんな過酷な環境に子どもをひとりで残せる親が、息子がいなくなったからといって自死するとは思えない。それでも、涼太は母をかばう。そして、なにより哀しいのは、一緒に暮らしたいと願っていることだ。

母親の意識を変えない限り、貧困の問題は改善されないだろう。けれど、意識を変えるのはとても難しい。貧困状況を訴え、生活保護を申請しても認められないだろう。懸命に働いている者もいるのに、遊び歩いて生活保護を受給するのは許されない行為だからだ。その道理は納得できる。ならば、子どもはどうすればいい——。

長谷川の瞼の裏に、必死に母を探す一成の姿がよみがえる。

涼太は、怯えた声で懇願した。

「お願いします。僕とお母さんを……引き離さないで……」

少年は唇を引き結び、強い眼差しを向けてきた。彼の覚悟が伝わってくる。男と遊びまわり家に帰らなくても、面倒をなにひとつ見てくれなくても、たとえ放置されて殺されたとしても、母親といたいと願っている。そこまで覚悟を決めた児童を、公の権力で引き離すことはできない。親を捨てる権利は、子ども自身にあるのだから――。

「君が母親といることを望むなら、ひとつだけお願いがある」

「お願い？」

「大人になるまで、生きていてほしいんだ」

涼太は、奥歯を噛みしめて顔を伏せた。小さな肩が震えている。

「そのために一緒に来てほしいところがある」

長谷川はそう言ってから、玄関のドアを開けた。

涼太は、口のまわりを真っ赤にしてナポリタンを頬張っている。

「よか食べっぷりじゃ。どっかのぼえ新人とは違うな」

キヨは、長谷川の方に目を向けて嫌味を放った。前回、大量のナポリタンを食べきったのに、やりきれない。

「腹が減ったら、いつでんここに来ればよか」

キヨがそう言うと、涼太の目が輝いた。

「え？　いいの？」

「あんたのおいしそうに食べる姿を見とれば、エネルギーをもらえるがよ。長生きの源になる。そん代わり出世払いじゃってね」

涼太の目に不安が滲んだ。

「出世払いって……僕にはなにもない。勉強もできないし、特別な才能もないから」

「あんたは、なんもわかっとらんね。腹が減ったとき、ホームレスを味方につけたんじゃろ。親友はあんたを助けてくれた。涼太には仲間を作る才能があるがね」

涼太は唇を震わしたあと、ナポリタンを口に詰め込んだ。「マジでうまい」そう言いながら腕で涙を拭(ぬぐ)った。

食べるものに困らない環境がある。それだけで安堵する子どもたちがいる。

長谷川がベランダに目を向けると、シリアルを食べている新堂の姿があった。なぜここへ導いたのか理由がわかった。児童救命士だけでは解決できない問題があるからだ。

長谷川はベランダに出ると、新堂の隣に並んだ。

「担任との面談のとき、新堂さんがどうして歯科健診の結果を訊いたのか疑問でした。涼太君は、放置子かもしれないと思ったからですね」

「親に面倒を見てもらえない子どもの多くは虫歯だらけになり、口腔崩壊(こうくうほうかい)している。椎名涼太の母親が面談に来られないという連絡を受けてから調べたんだが、彼女は登録情報に記載されていた総合商社には勤務していなかった」

新堂は抑揚のない声でそう言ったあと、空を振り仰いだ。

澄み切った空には、綺麗な星が瞬いている。この空の下に、涼太と同じような子どもは、あとどれだけいるのだろう。

「無理やり母親から引き離した方がよかったのかもしれません。けれど……僕にはできませんでした」

長谷川は振り返り、笑っている涼太の姿を見てから訊いた。「児童救命士として、この対応は正しかったのでしょうか」

「俺たちの仕事には、絶対に失敗しないマニュアルは存在しない。それなのに失敗は許されない。子どもが死んでから、『今回の件を教訓にし、また次にがんばります』と言える仕事ではないからな。それをお前はよく理解している。理解している人間が出した結論なら、俺は支持する」

どうしてだろう。たったひとりのパートナーが支持してくれるなら、世界中から責められても、誰になんと言われようと構わないと思える。それほど深い絆はないはずなのに

――。

「大人が子どもにできるのは、多くの選択肢を教えてやることだけだ。俺たちは、常に一緒にいて守ってはやれないからな。危険な場面に遭遇したとき、逃げるのか、戦うのか、和解するのか、大人から教えてもらった選択肢の中から、自分で選び取り、乗り越えてもらうしかない」

仕事も同じなのかもしれない。上司が部下にできるのは、より多くの選択肢を教え、自分で選び取っていく能力を身につけさせることだ。振り返れば、新堂はなにかをしなければならない、そう強制はしなかった。いつも遠くから、そっとヒントをくれる。そして、心に決めた決断を支持してくれた。かつて「一緒に地獄に行ってやる」、そう言ってくれたことがあった。絆の芽は、まだ小さいかもしれないが確実に育っていたのだ。

新堂は穏やかな声で話し出した。

「椎名涼太は賢い児童だ。空き缶よりも、コーヒーの缶についている懸賞シールを集めて売る方が金になるとユウさんに教えたらしい。その金でカレーの牛肉を買ったんだ」

ふたりは真の親友だったのだろう。最後まで口を割らなかった裕二の気持ちが、今ならよくわかる。

長谷川は、素直な思いを言葉にした。

「今回の案件……キヨさんに助けてもらいました」

「彼女を甘くみない方がいい。本当にあいつらに出世払いしてもらうつもりだ。キヨさんは、吐き出した言葉に嘘のない人だ」

新堂の目は真剣で、冗談を言っているようには見えなかった。

その言葉の意味は、数週間後に思い知ることになった。

キヨの料理が食べたくなり食堂に行くと、部屋には多量の米や野菜が所狭しと並んでいる。冷凍庫は、肉や魚などであふれかえっていた。綺麗な古着もたくさんある。

涼太と孝之介が、学校を通じてインターネットなどで支援を募り、貧困家庭の子どもを救うためのプロジェクトを立ち上げたのだ。涼太は「これが成功したらユウさんも救う」と息巻いている。部屋にはエプロンをつけた裕二の姿もあった。生活困窮者への炊き出しの準備をしているらしい。

この国には、助けを求めれば応(こた)えてくれる人々がいる。心ある人間もいるのだ。

涼太は真剣な表情で、孝之介が持参したノートパソコンの画面を覗き込んでいた。

「助けてくださり、ありがとうございました。キヨさんがいてくれなければ、僕はなにもできませんでした」

長谷川は、頭を下げながら言った。

キヨは黙ったまま、少年たちがホームページを作成する姿を眺めている。

今後は児童相談所の職員と協力し、涼太の母親と何度か面談する予定だ。けれど、問題は簡単には解決しないだろう。そのとき、キヨの存在は希望になる。帰れる場所のある子どもは、どれほど道に迷っても強く生きられる。

長谷川は大量のナポリタンをたいらげると、少年たちから希望をもらい、部屋を辞した。

天を仰ぐと、夕日に染められた茜雲(あかねぐも)が空を覆っている。

一成が亡くなった日、公園で泣き続けた。あのときの空に、とてもよく似ている。思わずに唇を噛みしめた。

団地の敷地内を歩いているとき、「新人！」と叫ぶ声が降ってきた。振り返り、二階のベランダを見上げた。

キヨは胸の前で腕を組み、声を張り上げた。

「あん子たちの将来の夢を知っちょいか？」

長谷川は黙したまま、首を横に振った。

「孝之介は政治家。涼太の夢は……児童救命士じゃ！」

キヨは不敵な笑みを浮かべてから続けた。「なんもできん大人に、子どんは憧れたりせん。長谷川児童救命士、胸張ってきばれよ！」

そう言ってから大きく手を振った。

血はつながっていないのに、勝ち気な表情で微笑むキヨの顔は、新堂によく似ていた。

経済的に恵まれた豊かな国なのに、貧困により病院に行けない子どもたちがいる。親に放置され、命を失う子どもたちもいる。少年たちは、大きな問題に立ち向かおうとしていた。越えなければならない壁はとても厚く、絶望的なほど高いだろう。

自分は彼らになにができるのか――。

長谷川は、左手で右手首のミサンガを強く握りしめた。希望の鐘が胸の中で微かに音を立てる。いつか児童救命士になった涼太とパートナーになる日が訪れるかもしれない。そのとき先輩としてしっかり支えられる人間でありたい。

——胸張ってきばれよ！

キヨからのエールは、いつまでも力強く心に鳴り響いていた。

第四章　希望の音

1

パソコンの画面から一瞬たりとも目が離せなくなる。

汗ばんだ手でマウスのスクロールホイールをまわし、ひたすら情報を収集した。

長谷川は、瞬きするのも忘れ、匿名掲示板やSNSに書き込まれている内容にくまなく目を通していく。文字を追うごとに心拍数は高まり、額には脂汗が滲んでくる。読めば読むほど不安が高まるのに、どうしてもやめられなかった。

――まさか児童救命士が子どもに暴力をふるうなんて思わなかった。

――やられた少年は血まみれ。サイトに写真がアップされてるよ。

――マジで怖い。ライフバンドなんて使いたくない。でも、なんで殴られたの？

――いじめの主犯格だと勘違いされて、「やっていない」って言ったら暴行されたらしい。

――『暴力児童救命士の実態』で検索すれば詳しい内容がわかるよ。

インターネットの世界では匿名で書き込めてしまうため、信憑性を欠いている内容が多い。そんなことは百も承知なのに、心が揺れ動いているのはなぜだろう。先刻から、長谷川の頭の中は混乱をきたしていた。

検索窓に『暴力児童救命士の実態』と入力する。それらしきウェブサイトを開くと、衝撃的な写真が目に飛び込んできた。

写真には、ひとりの少年が写っている。口の端から血を流し、真っ白なシャツは赤黒く汚れていた。少年はコンクリートの床にぐったりと座り、力なく両足を投げ出している。彼の目元は黒い線で隠されているため、顔ははっきりわからない。殺風景な部屋に家具類はなく、天井から吊り下げられた裸電球があるだけだった。

画面をスクロールすると、もう一枚写真が掲載されている。

思わず息を呑んだ。全身が強張り、鼓動が激しくなる。まるで悪夢を見ているような気分だった。

写真に写っているスーツ姿の男は、血のついたバットを片手に怪しげな笑みを浮かべていた。隠し撮りしたのか、少しピントがずれている。もしかしたら男は、少年と同じ部屋にいるのかもしれない。電球や打放しコンクリートの壁が似ていたのだ。

男の目元は隠されていないため、写真の人物が誰なのかすぐにわかった。

サイトの管理者は、『カヅキ』と名乗っている。真偽は定かではないが、プロフィール欄には、『都内在住』、『高校一年の男子』と記載されていた。

写真の下には、新堂敦士への激しい憎悪が綴られている。

カヅキが中学三年の頃、同じクラスの女子生徒『K』が自殺する事件が発生した。彼女は自死する直前、ライフバンドで助けを求めたという。けれど、児童救命士が現場に到着する前に、彼女は自宅のマンションのベランダから飛び降りてしまった。

その後、児童救命士の調査から、クラスメイトによるKへのいじめが発覚した。当時、カヅキは、いじめの主犯格ではないかと疑われ、どれだけ否定しても信じてもらえなかったという。

この案件を担当したのが、新堂だった。

新堂は取り調べの最中、カヅキに暴言を吐き続け、頬を叩くなどの暴力行為に及んだという。そのことを教師に訴えたが、誰も信じてくれなかったそうだ。

精神的に追い詰められたカヅキは、家に引きこもるようになり、高校受験は失敗に終わった。悶々とした日々を過ごす中、新堂に報復しようと考えるようになる。やがて報復は目標となり、彼の大きな希望になっていく。

カヅキはすぐにバイトを始め、稼いだ金で調査会社に依頼し、新堂について調べた。すると恐ろしい過去が明らかになる。

新堂の母親は、人殺しだったのだ――。

殺した相手は他人ではなく、実の息子。新堂のふたつ年下の弟、来人だった。

母親は、義父と一緒に七歳の来人を虐待し、衰弱死させた。食事は少量のシリアルしか与えず、腹の虫の居所が悪ければ、日常的に暴力をふるっていたようだ。

司法解剖の結果、来人の脳は栄養失調で萎縮しており、腕の骨も折られていた。首や下腹部には火傷の痕がいくつも発見されたようだ。

　義父は逮捕後の取り調べで、そのうちのひとつは、長男がやったと証言した。当時、九歳だった新堂は、弟の腹部にタバコを押し当てたという。

猟奇的な環境で育った新堂は、親と一緒に弟をいたぶって見殺しにしたのだ。今は児童救命士になり、傲慢な態度で調査を行い、子どもを殴る暴力児童救命士に成り果てた。カヅキは、新堂を呼び出し、「中学のときのことを謝罪してもらえないなら、お前の悪事をインターネット上に暴露する」と伝えた。すると「改悛の情がないようだな。殺されたくなければやめろ」と言われ、バットで殴られ、激しい暴行を受けたという。

　文章の最後は、「みなさんの力で新堂敦士に私刑を科してください。よろしくお願いします」という言葉で締めくくられている。

　救命部は、不穏な静けさに包まれていた。

　署員の誰もが、暗い表情でパソコンの画面を覗き込んでいる。時折聞こえてくるのは、溜め息とキーボードを打つ音だけだった。

カヅキのサイトに書いてあった話は、にわかには信じがたい内容だ。それにもかかわらず、『暴力児童救命士の実態』はインターネット上で話題になり、写真や情報はどんどん拡散されていく。

署長の里加子は、児童保護本部から呼び出されたのか、朝から姿が見当たらなかった。次長の鈴木は苦々しい表情で、ずっと電話をしている。国木田は奥歯をぎりぎり噛みしめ、パソコンの画面を睨んでいた。どこを見回しても、険悪な空気が漂っている。

救命部の署員は、仲間を疑っているのだろうか――。

電話を終えた鈴木は立ち上がり、憂いを帯びた声で指示を出した。

「署長から連絡があった。会議の結果、新堂はしばらく出署できない。長谷川は、今日から国木田とパートナーを組め」

国木田のパートナーである相田は、昨日から溜まっていた有給休暇を消化していた。

「新堂さんが少年に暴行したというのは、真実なんですか」

長谷川が尋ねると、救命部に緊張が走った。皆が鈴木に注目している。

「詳しい状況はわからない。児童保護本部が事情聴取を行ったようだが……まだ判然としないことばかりだ」

「新堂さんは認めているんですか」

「あいつは『相手がそう証言しているならしょうがない』と言っているらしい」

国木田は、煮え切らない回答に苛立ったのか、明確な答えを求めた。

「つまり、暴行はしていないということですか」

「だから、それはまだわからない。新堂からもっと詳しい話を聞くのと同時に、警察にサイトの管理者が誰なのか調べてもらっているところだ」

長谷川は、妙な違和感を覚えた。

カヅキはどうして警察に訴えず、サイトを制作して暴露したのだろう。それ以外にも不審な点は多い。バットで殴られたのが事実なら、軽傷では済まないはずだ。写真の少年は血だらけだった。あの状態で帰宅すれば、家族の誰かが気づくはずだ。問題視する人間はいなかったのだろうか――。

鈴木の卓上の内線電話が鳴り響いた。

「総務部に苦情の電話が殺到しているらしい」

鈴木は電話を無視し、全署員に向かって声を張り上げた。「児童救命士に対して、世間の風当たりは強くなっている。気持ちを引きしめて業務を遂行してほしい」

誰かひとりが不正行為を行えば、すべての児童救命士が白眼視される。特に公の権力を持つ者の失態は、世間から叩かれやすい傾向にある。そのせいか、署員たちの中には、露骨に迷惑そうな表情を浮かべている者もいる。まだ真相は明らかになっていないのに――悔しさと憤りが胸を掻き乱した。

「長谷川、巡回に行くぞ」

国木田は、署員たちの視線を振り切るように、ドアに向かって足早に歩き出した。長谷川はジャケットをつかむと、急いであとを追い駆けた。緊急出動命令が出たわけではないのに、ふたりは廊下を駆け足で進み、素早く車に乗り込んだ。

「新堂の件、お前はどう思う？」

助手席にいる国木田は、疲労感が滲んだ顔で尋ねた。

「僕は……新堂さんは、子どもにひどいことをするような人ではないと思います」

「警察に捕まったあと、マスコミは容疑者の関係者にインタビューをするときがある。関係者の中には『彼はそんな犯罪をするような人には見えなかった』と証言する者もいる」

「なにが言いたいんですか？　新堂さんを疑っているんですか」

思わず声に険が交じった。迷惑そうな表情の署員たちの顔が思い浮かび、怒りが込み上げてくる。

国木田は窓の外に顔を向けると、声を殺して笑い出した。

「新堂とは犬猿の仲だと思っていたが、お前の本心がわかって安心した。俺も同感だ。腐りきった大人が相手ならともかく、あいつが子どもに暴力をふるうとは思えない」

国木田に試されたのだ。一瞬、苦い思いが滲んだが、パートナーになる相手がなにを考えているのか理解できなければ、仕事は格段にやりづらくなるので仕方がない。

長谷川も安堵し、素直な気持ちを口にした。

「新堂さんが過去に担当した案件をすべて洗い出して、中学のときに自殺した少女はいなかったか調べてみませんか？　そこからカヅキが誰なのかわかるかもしれません」

国木田は眉根を寄せて、かぶりを振った。

「残念だが、俺たちにはできない」

「どうしてですか」

「担当案件ではない調査報告書は、署長しか閲覧できない。俺たちには権限がないんだ。それに、署員に対する調査は児童保護本部の仕事だ。お前の気持ちはよくわかるが、今は次長の言うとおり、通常業務をしっかりこなそう」

なにも反論できなかった。調査報告書を閲覧できないのなら、カヅキが誰なのか捜しようがない。複雑な思いを抱えながら、アクセルペダルを踏んだ。

2

カヅキのサイトが話題になってから数日が過ぎたが、新堂が救命部に戻ることはなかった。児童保護本部の調査がどこまで進んでいるのかわからず、長谷川は落ち着かない日々を過ごしていた。

調査報告書を仕上げなければならないのに、カヅキについての新しい情報はないか、つい検索してしまう。あれからサイトは更新されていないようだ。けれど、新堂に対する悪意のある書き込みは増え続けている。警察のサイバー犯罪対策課が動いているはずなのに、カヅキの身元は判明していないのだろうか。それ以前に、警察はなにが真実なのかわからず、新堂を疑っている可能性もある。

インターネット上にはカヅキの件だけでなく、児童救命士へのバッシングも増えた。かつて、補導された中学生やライフバンドを装着していないのを咎められた児童たちが、軽い気持ちで文句を書き連ねているのだ。それよりも哀しいのは、新堂の過去についての数々の暴言だ。

——しっかり身元調査してから採用しろよ。税金ムダにするな。

——自分の弟を見殺しにするなんて絶対にできない。そんな奴、人間じゃないよ。

——見殺しどころか、あいつも親と一緒に弟に暴力ふるっていたんでしょ。マジで鬼畜。

過去の虐待事件は波紋を呼び、インターネット上には揶揄する文章が踊っている。親と一緒になって、弟の腹部にタバコを押し当てたというのは事実なのだろうか——。もしかしたら、やらなければ自分が虐待されるような環境に身を置いていたのかもしれない。長谷川はもっと詳しい情報が知りたくなり、当時の新聞や週刊誌を調べようと思ったが、どうしても行動には移せなかった。その行為は、新堂を傷つける結果につながるかもしれないからだ。相手の知られたくない過去を調べ上げ、下世話な探究心を満たしても、本当の苦しみは理解できない。

大事なのは、今どう生きているかだ。それなのにインターネットの世界では、どこまでも過去の罪を追及し続ける。「赦（ゆる）される」という言葉は存在しないのだろうか。

仮に、カヅキへの暴行が嘘だと判明しても、新堂の未来は暗いままだろう。

インターネット上に誤った情報が一度でも晒（さら）されてしまえば、一気に拡散し、訂正するのはとても難しくなる。これから新堂が児童救命士を続けるのは生易しいことではない。弟の虐待事件まで晒されたからだ。

長谷川は心配になり、幾度も新堂の携帯電話に連絡してみたが、虚しく留守電につながるだけだった。重苦しい溜め息がもれたとき、涼太からメールが届いた。涼太とは、案件終了後もキヨの家で会うことが多かった。

――カヅキの写真は、たぶん嘘だと思う。大事な話があるから、キヨさんの食堂に来てほしい。

写真は嘘？　どういうことだろう。

非番なので午後からキヨの食堂に向かったが、どの部屋にも涼太の姿はなかった。

「涼太君は、まだ来ていないんですか？」

長谷川が尋ねると、キヨは呆れ顔で言った。

「あんたはアホか。学校だがね」

「そうだった。まだ春休みには入っていませんでしたね。なんだか色々あり過ぎて、気持ちばかり焦ってしまって」

「あん子のために、ありがとう」

キヨは、もう一度「ありがとう」と、丁寧に頭を下げた。その姿を見ていられなくなり、長谷川は本心を打ち明けた。

「キヨさん、ごめんなさい。僕は今まで新堂さんにたくさん助けてもらったのに、なにもできなくて……」

言葉にした途端、情けなさが募ってくる。

キヨは、目を細めて微笑んだ。

「あん子はな、弟を守れんかったことをずっと後悔しちょっど。時間が経(た)てば、哀しみが薄らいでいくちいうけど、あん子の場合は違(ち)ごた。成長するほど、苦しむようになった。夜中に、弟の名前を叫びながら何度も目を覚ました。敦士は悪くない。あん子だって、親からひどか暴力を受けちょった。そげな劣悪な環境で、まだ身体の小さい九歳の子どんが弟を守れるはずがないよ」

キヨは皺だらけの手で涙を拭った。「昔な、あん子と一緒にドラマを観(み)ちょったら、弟が悪ガキにいじめられていて、兄貴が助けに来る場面があったのよ。悪ガキは三人いて、兄貴よりも身体がずっと太てかった。どんなに殴られても兄貴は、弟を必死に守り抜いた。普通の人間が観たら、いいドラマだ。じゃっどんな、あん子はぶるぶる震えて、ひきつけを起こすほど泣き出したのよ。それからも人の良心や善意を目にするたび、あん子は苦しんできた。なぜ自分は助けてあげられんかったのか、その後悔の念に苛まれながら、ずっと生きてきた。だからこそ、敦士は子どんに暴力をふるうような真似は絶対にせんよ」

長谷川は、キヨの真っ赤な瞳を見つめながら本心を口にした。

「僕も新堂さんを信じています」

だからこそ、疑いを晴らしたいのだ。

家のチャイムが鳴り、キヨが鍵を開けると、息を切らした涼太が駆け込んできた。その勢いのままキッチンに向かい、水道水を両手で掬って飲んでいる。きっと、走って帰ってきてくれたのだろう。

涼太はランドセルを床に置くと、中から一枚の写真を取り出した。新堂がバットを持っている写真を拡大したものだ。

涼太は、興奮した口調で言った。

「これはフェイク写真っていうやつみたい」

「どうしてわかったんだ？」長谷川は身を乗り出して訊いた。

「グラフィックソフトで大きくしたの。天井にライトがついているのにバットの影がない。

新堂さんには、ちゃんと影があるでしょ。それなのにバットには影がないんだ。バットを持っている手も、拡大してみると色が少し変なのがわかるよ」

確かに、腕と手の色が微妙に違うように見える。以前、新堂はよくバッティングセンターに行くという話を聞いた。もしかしたら、事前にいくつか写真を撮り、それを合成したのかもしれない。

「こんな写真でみんなを騙すなんて許せないよ」

涼太は自分のことのように憤っている。彼自身も大きな問題を抱えているのに、新堂のためになにかしようとしてくれる姿が頼もしく映った。

涼太の母親は、付き合っていた男と別れ、今は民生委員に紹介された仕事を始めたようだ。聞いた話によれば、仕事は休みがちで、いつまで続くかわからない状況らしい。涼太はそんな母親を励まし、新堂の身も案じている。彼の真っ直ぐな正義感や優しさに胸を打たれた。

「涼太君は、新堂さんが好きなんだね」

長谷川が尋ねると、涼太は照れ笑いを浮かべた。

「好きっていうか、ヒーローだから」

「ヒーロー？」

「児童救命士に救われた人が作ったウェブサイトがあるんだ。サイトの中にある掲示板には、新堂さんに助けられた人たちの書き込みがたくさんあった。それを読んでいたら、僕もあの人のことをすごくかっこいいなと思うようになったんだ。新堂さんは嘘をつかないし、子どもをバカにしたりしない。カヅキの言っていることなんて信じてないよ。あんなひどい過去までバラして、みんな怒っているんだ。掲示板で知り合った仲間のひとりが、フェイク写真なんじゃないかって教えてくれた」

児童救命士に助けられた子どもたちが、インターネット上でつながっているとは考えてもみなかった。かつて保護児童だった子どもたちは、新堂と同じように哀しい過去を抱えている。いや、今も苦しんでいる者が多い。だからこそ、過去まで暴露したのが許せないのだ。

「涼太君、ありがとう。これから保護署に戻って、写真のことをすぐに報告する」

「たぶん、もう『マック』か『シロロホルム』が児童保護本部に連絡していると思う」

「マックとシロロホルムというのはなに？」

「ネット上のハンドルネームだよ。シロロホルムがフェイク写真なんじゃないかって教えてくれて、それを詳しく調べてくれたのがマック。マックのお父さんはウェブデザイナーだから、たくさんグラフィックソフトを持っているんだ」

その言葉に引っかかりを覚えた。

「この拡大した写真は、メールで送ってもらったの？」

「違うよ。マックはこの近くに住んでいるから、さっき公園で写真をもらったんだ。ネットでつながっている他の子たちともよく遊ぶよ」

奥の部屋から、仏壇の鈴を鳴らす音が響いてくる。正座をしているキヨの後ろ姿が見えた。それは、息子を心配する母親の背中だった。

江戸川児童保護署に戻ると、すぐに里加子を探した。上層部はもう気づいているかもしれないが、それでもかまわない。長谷川は偽造写真のことを口実に、調査の進捗状況を教えてもらおうと思ったのだ。

里加子は救命部にいなかったので、スケジュール表を確認した。行き先欄には、児童保護本部と書いてある。連日、会議に出席しているようだ。新堂が休んでいることを考慮すると、カヅキの問題は収束に向かっていないのかもしれない。なにか悪い証拠でも出てきたのだろうか。現状がわからないため、不安は増大していく。

もう定時を過ぎていたが、スケジュール表によれば鈴木はまだ署内にいるようだ。署内を捜し回り、休憩室を見に行くと人影が見えた。

静まり返った周囲には、自動販売機の低いモーター音が響いている。

鈴木はソファに座り、虚ろな表情を浮かべていた。手にある缶コーヒーのプルトップは、まだ開けていなかった。

「次長、お話があるのですが」

びくりと肩を揺らし、鈴木が弾かれたように振り返った。

「長谷川か……非番なのにまだいたのか」

普段はあまり隙(すき)を見せない人物なのだが、少し疲れているのかもしれない。

「サイトに掲載されていた新堂さんの写真は、偽造写真の可能性があります」

「お前も調べてくれたのか。本部の調査でも、偽造されたものだと証明された」

「それなら、どうしてまだ復帰できないんですか」

「総務や本部に、悪い情報が多数寄せられているからだ。新堂に似た人物が、路地裏で子どもの頬を叩いていたらしい」

「それも写真と同じで、誰かの嫌がらせではありませんか」

「実際に新堂と関(かか)わった人物からの苦情もあるから厄介なんだ。お前が担当した、須藤誠の案件を覚えているか？」

忘れもしない。保護児童の父親、須藤智之がＤＶ加害者だった案件だ。智之は傷害罪で起訴され、懲役一年四ヵ月、執行猶予四年が言い渡された。両親は離婚し、誠は親から離れる道を選び、今は国家保護施設に入ったようだ。

「須藤智之から本部に連絡があった。判決が言い渡されたあと、新堂から『次に元妻子に手を出したら、お前を殺す』と言われたそうだ」

長谷川は、なにか返事をしようにも言葉にならなかった。

もしかしたら、新堂は誠を思うあまり、暴言を吐いてしまったのかもしれない。この先、智之が元妻子の居場所を捜し出し、接触しないとは言い切れない。なにかあっても、警察に二十四時間守ってもらうのは不可能だ。だからこそ、厳しい言葉を投げて牽制したのだろう。

「カヅキの身元はわかりましたか」

「まだ判明していない。カヅキは発信源を追跡されないようにいくつか海外のサーバを経由しているようだ。だが、警察からの報告を信じるなら、一つずつたどっていけばサイトの管理者の身元はわかるそうだ」

用心深く行動したつもりなのだろう。けれど、サイトのプロフィールが事実なら、相手はサイバー犯罪のプロではなく、未成年の少年だ。警察の捜査に期待したかった。

鈴木は力ない声で言った。

「質が悪いのは、警察に訴えるのではなく、ネットで私刑を求めているところだ。この前、十歳の少年が政府や警察のウェブサイトをハッキングした事件があっただろ。まだ子どもだが、彼らはコンピューター関連の知識が豊富で能力が高い分、非常に厄介な存在だ」

鈴木は小さく息をついたあと、神妙な面持ちで続けた。「新堂に対するネット上の誹謗中傷は増える一方だ。匿名になった途端、善良な市民が心ない言葉を吐くようになる。

子どもたちのいじめも『ネットいじめ』が主流になってきた」

研修中に聞いたが、小学生もコミュニケーションアプリを使用し、特定の児童を誹謗中傷して、サイバーリンチを行っているようだ。ターゲットにされた児童は不登校になり、ひどい場合は自殺してしまう者もいる。

鈴木は、遠くを見つめながら重たげに口を動かした。

「匿名で暴言を書いて、表面上はバレなかったとしても、大切なものが減っていくんだ。ひどい言葉を書くたび、目には見えない『運』みたいなものに影響すると俺は思っている。こんな考えは古くて、子どもたちには受け入れてもらえないかもしれないけどな」

「僕のばあちゃんも『天網恢々疎にして漏らさず』って、よく言っていました」

「俺は、長谷川のばあちゃんと気が合いそうだ」

鈴木は少し笑みを見せた。「新堂と連絡は取れているのか？」

「何度も連絡してみましたが、留守電につながるばかりで」

「こっちも同じ状態だ。あいつ、ちゃんとシリアルを食べていればいいんだが……」

「明日、新堂さんのマンションに行ってみます」

「長谷川、頼むな」

部下の身をひどく案じているような声だった。

鈴木は、常に署員の行動に目を光らせ、問題を起こす者には厳しい態度で接する上司だった。けれど、今は新堂を信じているのが伝わってくる。

休憩室の壁時計に視線を送ると、もう夜の七時を過ぎていた。

すぐさま国家保護施設に行って確認したいことがあったが、その前に面会の予約をしなければならない。様々な感情が頭の中を駆け巡る。誠の案件について思い返してみると、ある疑問が胸に芽生えたのだ。

3

翌日は休日だったので、東京の郊外まで電車で向かった。

職業柄、子どもが乗車するたびに、彼らの手首を確認してしまう。みんなライフバンドを装着しているようだ。いつかライフバンドを必要としない平和な世になってほしい。

長谷川は年配の乗客に席を譲り、吊革につかまりながら車窓に目を向けた。しばらく眺めていると、高層の建物は少なくなり、緑が増えてくる。

目的の駅で電車を降りてから、並木道をゆっくり歩いた。三月の上旬だったが、汗ばむほど暖かい陽気で、日差しも強く感じた。

十分ほど歩くと、木々に囲まれた広大な敷地が見えてくる。敷地内には、鶯色の建物がいくつも点在していた。まるでマンモス大学のキャンパスのようだ。

そこが、国家保護施設だった。

パンフレットでは何度も目にしていたが、実際に施設を訪れたのは初めてだった。緊張しながら敷地内に足を踏み入れた。周囲は木々に囲まれているせいか、清々しい風が流れている。枝葉の揺れる音が響いていた。

子どもが集う場所なのに、敷地内のどこを見渡してもゴミひとつ落ちていない。騒いでいる者もいなかった。背筋をピンと伸ばして歩いている子どもたちの姿は、ヒューマノイドロボットのようで、少し寂しい気持ちになる。

国家保護施設には、六歳から十八歳までの子どもたちが通える学校があり、親から離れて暮らす道を選択した子どもたちは、この施設内で生活していた。

芝生が広がる中庭には、ベンチが置いてある。そこに座り、静かに本を読んでいるひとりの少年の姿が目にとまった。昨日、長谷川は事務室に連絡し、須藤誠と中庭で会う約束を交わしていたのだ。

「なんの本を読んでいるの？」

顔を上げた誠は、驚くほど大人っぽくなっていた。ベンチに座っているのでわかりにくいが、確実に身長も伸びている。約束をしていなければ、それが誠だとは気づけなかったかもしれない。

「こんにちは。半年ぶりですね」

誠は静かに本を閉じ、落ち着いた口調で挨拶した。

国家保護施設は、とても厳しい場所だった。廊下や教室には監視カメラが設置され、常に行動を見張られている。挨拶はもちろん、食事のマナー、言葉遣いなども厳格に指導される。そのせいか、以前のような少年らしい雰囲気はなくなっていた。

「誠君、ずいぶん大人っぽくなったね」

「来月から、五年生ですから」

本のタイトルには、『プログラミング入門』と書いてある。

長谷川の視線に気づいたのか、誠は説明してくれた。

「今、プログラム言語を勉強していて、簡単なシューティングゲームを作っているんです。ここは普通の授業だけじゃなくて、自分のやりたいことを学べる時間があるから楽しいです」

そう話す誠の声や表情は、活力に満ちている。けれど、あれほど母親の身を案じていた誠が、なぜ国家保護施設への入所を決めたのか疑問だった。里加子から聞いた話によれば、誠の母親は退院したあと栃木（とちぎ）の実家に戻り、心の健康を取り戻すために通院を続けているという。

長谷川は、ベンチに腰を下ろしてから訊いた。

「どうしてお母さんと離れて暮らすことにしたの」

「それが知りたくて、会いに来たんですか」

思わず、たじろいでしまう。本当に知りたいことは他(ほか)にあったのだ。

誠は、少し視線を落としてから口を開いた。

「新堂さんが、一時保護所に何回も会いに来てくれたんです。一緒にいろんな話をしているうちに……自分を大切にしたいって思えるようになりました」

やはり、新堂と会っていたのだ。通常、児童救命士は案件が終了すれば、保護児童と関わる機会はなくなる。問題解決後は、児童相談所の職員が児童のケアを行うからだ。

長谷川は、昨日から抱えていた疑問を口にした。

「僕が一時保護所に会いに行ったとき、約束もしていないのに、誠君は玄関先で待っていてくれた。それは新堂さんに頼まれたから？」

疑問はそれだけではない。父親の暴力が発覚した翌日、一時保護所に行くと、誠は、母親から暴力を受けているという真相を話してくれた。なぜ素直に打ち明けてくれたのか、思い返してみると腑(ふ)に落ちないものがあったのだ。

誠にとっては忌(い)まわしい記憶なのか、表情を曇らせた。

「あの夜……新堂さんが会いに来てくれたんです。お母さんがどうなったか訊いたら、ノートをくれました。そこにはお父さんがなにをしたのか、お母さんがどんな怪我をしたのかが細かく書かれていました。難しい漢字には全部ふり仮名がふってあって、一つひとつ、どういう怪我なのか説明してくれたんです」

誠は顔を歪ませ、声を振り絞った。「お母さんの怪我はひどかった。助けてくれるって約束したのに、失敗したから……僕は怖くなって、許せなくて、新堂さんの腕を強く殴りました。何度も、何度も本気で殴って、蹴って、でも新堂さんは一度も避けなかった。全力で殴ったから、とても痛かったと思います」

あの日は当番だったのに、新堂は救命部に戻らなかった。翌朝、腕を負傷したから病院に行くという連絡があり、ずいぶん困惑したのを覚えている。

「新堂さんは、僕がお母さんから叩かれているのに気づいていたんです」

今なら、なぜその真相にたどり着けたのか理解できる。

誠の家に車で向かうと、救急車やパトカーが出動して大騒ぎになっていた。心配になって家から出てきた近隣住民もいた。あのとき、新堂はなにか重要な情報を入手できるかもしれないと見込んで、聞き込みをしたのだろう。

「近所の人から、『よく息子さんの泣いている声がする』って聞いたみたいです。新堂さんは、朝まで僕のそばにいてくれた……ずっとそばに」

誠はそう言って、嬉しそうに微笑んだ。

一時保護所の職員に許可を取り、新堂は明け方まで誠のそばにいたそうだ。「誠さんは、誰かのためではなく、自分のために生きてください。自分のために生きられるようになったとき、今度は誰かを救えるようになる」、そう言い聞かせたという。

「ごめん……僕は君の本当の苦しみに気づいてあげられなかった」

長谷川が自分の無力さを嚙みしめてそう言うと、誠はかぶりを振った。

「あのとき、助けられなかったら地獄に行く、と約束してくれました。新堂さんは『もっと長く生きればわかるが、あんなバカな奴は、あいつくらいしかいない』と笑っていました。僕と同じように苦しんでいる子を、長谷川さんはこれからたくさん救ってくれる人間だから、ちゃんと声に出して真実を語ってほしい、ってお願いされたんです」

目の奥が熱くなり、胸が震えた。いつか里加子は「新堂君とパートナーになった新人は辞めない」と言っていた。簡単に辞められるわけがない。子どもを救える人間だと信じてもらえた以上、先輩を裏切るわけにはいかないからだ。

誠は不安そうな眼差しで訊いた。

「学校でも噂になっています。ネットの悪口、大丈夫なんですか？」

新堂に助けられた子どもたちは、みんな心配している。彼が好きだからだ。そんな人物が——。

「新堂さんは、子どもに暴力をふるうような人じゃない」

「僕もそう思います。お父さんを見ていたから……わかります」

誠は、中庭にある時計塔に視線を向けた。「これから映画研究会の上映が始まるので、もう行きますね」

「映画研究会？」

「二週間に一度、映画が観られるんです。この前は『刑事の誓い』でした」

「その映画なら、僕も学生のときに観た」

「あの映画、ラストシーンが最高でしたね」

母親を目の前で殺され、緘黙症になった少年は、いつまでも犯人を捕まえられない刑事を恨んでいた。声の出せない少年は、「刑事なんて大嫌いだ、役に立たないから」と手話で侮辱し続けた。そんな少年と退職した元刑事が手話教室で出会い、交流をあたためるうちに、犯人につながる手がかりを見つけ、捜査に乗り出すというストーリーだ。最後に元刑事は執念で犯人を捕まえ、少年に「これでも刑事が嫌いか？」と手話で問う。少年は「嫌いだ」とうなずいてみせたあと、「嘘。大好きだ」と手話で表現するラストだった。

「将来はプログラマーか、映画監督のどちらになろうか迷っているんです」

誠はそう言うと立ち上がり、頭を下げてから建物に向かって走り出した。かつて保護児童だった少年の逞しい背中は、大きな希望を与えてくれた。

ジャケットのポケットで携帯電話が振動した。

電話に出ると、里加子だった。新堂に会えたかどうかの確認をしたかったようだ。長谷川が新堂のマンションに行くという情報を、鈴木から聞いたのだろう。これから向かうところだと報告すると、里加子は驚くことを口にした。有名な動画サイトに、『カヅキの真相』というタイトルで動画が投稿されているというのだ。

長谷川は電話を終えてから、タブレットPCを鞄から取り出した。動画サイトにアクセスして『カヅキの真相』というタイトルをクリックする。投稿されたのは昨日だ。もう既に、視聴回数が二万を超えていた。画面には、黒い背景に白い文字が流れてくる。

――もう限界です。これ以上、嘘はつきたくありません。

僕は東清涼(ひがしせいりょう)高校一年の柳原麗華(やなぎはられいか)から指示され、新堂敦士さんに対して嫌がらせをしました。高校に入学してから、僕は麗華たちにいじめられています。彼女の言うことを聞かなければ、ひどい目に遭うので逆らえません。

『暴力児童救命士の実態』というサイトに掲載した写真は、偽造したものです。顔やシャツに血糊(ちのり)をつけて、殴られたように演出し、麗華に写真を撮られました。

新堂さんに暴力をふるわれたというのは嘘です。

いじめがつらくて、僕は高校を辞めようと思っていました。死にたいという衝動に駆られる日もあり……そんなとき、シロロホルムと出会ったのです。彼から、どうせ死ぬなら麗華の悪行を暴露してやろうと言われ、彼女の中学のときの同級生から話を聞き、過去を調べました。

修西中学に通っていた麗華は、中三のときにクラスメイトをいじめ、自殺に追い込みました。それが原因で修西高校には進学できず、別の高校に入学したのです。彼女は、問題が起きなければエスカレーター式に名門大学に進めたのに、そう憤っていました。

未だに反省することなく、麗華はＳＮＳの裏アカウントに、自殺したクラスメイトや児童救命士の悪口を書き込んでいます。

中学のときのいじめ事件を担当した児童救命士が、新堂敦士さんです。つまり、麗華の逆恨みなのです。僕はもう嘘をつくのが嫌になりました。いじめがひどくなり、もう耐えられそうもありません。

みんなの力で柳原麗華に私刑を科してください。よろしくお願いします。


文章のあとには、麗華らしき人物の写真が載せられている。髪が長く、目鼻立ちがはっきりした美しい少女だった。高校生だと聞いていなければ、未成年だとは思えないほど、大人びた雰囲気がある。写真は何枚も掲載されているため、知り合いが目にしたら確実に特定されてしまうだろう。

長谷川は、先刻からシロロホルムという名が気になっていた。それは、涼太から聞いたハンドルネームだ。偶然なのか、それとも同一人物なのか——。疑問は他にもある。新堂の偽造写真は、ウェブサイトを制作して掲載していたのに、なぜ今回は動画サイトなのだろう。

タクシーに乗り、すぐにキヨの食堂に向かった。道すがら、不安しか湧いてこない。到着後、急いでリビングに駆け込むと、涼太が大きなおにぎりを頬張っていた。テーブルには、きゅうりとナスのぬか漬け、小ねぎの味噌汁が置いてある。

長谷川は、涼太の正面に座ると切り出した。

「昨日シロロホルムについて話してくれたけど、彼が誰なのか教えてもらえないか」

キヨは不穏な空気を感じ取ったのか、キッチンでぬか漬けをかき回しながら、こちらを気にしている。

「嫌だよ。なんで教えないといけないの」

予想外の答えに一瞬動揺したが、よく考えれば涼太の気持ちも理解できる。シロロホルムは、彼にとっては味方なのだ。

長谷川はできるだけ穏やかな声で訊いた。

「カヅキの動画を見たんだね？」

「新堂さんの写真が嘘だとわかってよかった。麗華っていう奴、マジでムカつく。あいつこそ私刑を受ければいいのに」

「君も……あの動画に関係しているの？」

涼太の顔に警戒心が走り、目が鋭くなる。信頼関係を築けていない時期に戻ってしまった気がして、胸がちくりと痛んだ。

「もし関係していたらなに？　悪いことなんてなにもしてないじゃん。あっちが先にネットで攻撃してきて、嘘を載せたのが悪いんだ。それに……あんなひどい過去まで……」

涼太は声を震わせて続けた。「どうしてシリアルしか食べないか知ってる？」

ぬか漬けを混ぜているキヨの動きがとまった。顔を伏せたまま微動だにしない。

涼太は気まずそうにキッチンの方に目を向けてから、訥々と話し出した。

「新堂さんは、弟の来人君が死んで……何年か経ってから絵を見つけたんだ……」

絵は、来人が使っていた鞄の中にある内ポケットに入っていたようだ。

画用紙いっぱいに、新堂の顔が描かれていて、上部には『泣き虫やめます。お兄ちゃん、おめでとう』と、書いてあったそうだ。生前、来人はすぐに泣き出してしまう子どもだった。絵は誕生日プレゼントだったのだろう。来人が亡くなった日は、新堂の誕生日だった。そのたびに兄は「泣き虫は嫌いだ」と、弟をよく叱ったという。新堂は、弟の絵を発見して以来、まともに食事ができなくなり、食べても嘔吐してしまう日が続いた。口にできるのは、シリアルだけになってしまったようだ。

新堂は、想像を絶するほどの苦しみを味わってきたのだ。後悔を覚えるたび、身体に自責という名の釘を一本ずつ打ちつけられる。全身に打ち込まれた釘を抱えながら、今も生き続けているのだ。

「新堂さんは、僕と面と向かって話すときは嘘をつかないし、いつも敬語だった。最初は驚いたけど、ひとりの人間として認めてくれている気がして、嬉しくなった。新堂さんはずっと苦しんできたのに……麗華はネットにあんなひどい過去を書かせて、絶対に許せないよ」

なぜ敬語を使っていたのか、長谷川は得心した。保護児童の多くは、大人に邪険にされ、ひどい扱いを受けている。だからこそ、子どもではなく、ひとりの人間として向き合おうとしたのではないだろうか。新堂は誠に「自分のために生きてください」と言った。きっと、子どもにも人権があることを伝えたかったのだ。

「僕は悪いことなんてしてない。因果応報(いんがおうほう)って言葉が大好きだよ」

涼太は正当なことをしているという自負心のせいか、苛立ちを隠さなかった。不貞腐(ふてくさ)れた態度で、目を合わせようとしない。窘(たしな)めるのが大人の役目なのかもしれないが、自分なりの正義のもとに行動している少年に対してかける言葉が見つからない。

それでも、確かめなければならないことがある。

「質問に答えてくれないか。今回の動画に、涼太君は関係しているのか?」

相変わらず逃げるように視線を逸(そ)らしたまま、なにも答えてくれなかった。

「涼太！　しっかり答えんか！」

突然、キヨさんが声を荒げた。

涼太は唇を嚙みしめ、悔しそうに顔を伏せる。部屋に険悪な空気が漂い、重苦しい沈黙が立ち込めた。しばらくしてから、涼太は素直に返答した。

「僕は……関係ない。シロロホルムとはネット上でつながっているだけで、一度も会ったことはない」

キヨと涼太の間には、強い絆が形成されているのが感じ取れた。子どもは、自分を心から愛してくれる人を見抜き、彼らの言葉には素直に従うのだ。

「ふたりともなんだよ。新堂さんは、キヨさんの息子なんだろ。長谷川さんだって、真実がわかって嬉しくないのかよ」

道徳的な道を説くつもりはない。いちばん恐れているのは——。

「涼太君、考えてほしい。過去を暴露された麗華は、今どこでなにをしていると思う？きっと、彼女が通う高校でも噂になっているはずだ。追いつめられた彼女が自暴自棄になり、新たな事件が起これば、新堂さんはもっと苦しむことになる」

その言葉をぶつけると、涼太の顔に緊張が漲った。

「涼太君、シロロホルムについて、なにか知っていることはない？」

「僕は……シロロホルムに会いたくて連絡したけど、いつも忙しいみたいで会えないんだ。もしかしたら仕事をしているのかな」

もしくは、現実では会えない理由があるのかもしれない。インターネット上とはいえ、頻繁に小学生と連絡を取り合っているのを考慮すると、歳はそう離れていないのではないだろうか。どれだけ考えても、すべて憶測の域を出ない。

「シロロホルムとは、ウェブサイトの掲示板でやり取りしているんだよね？　その掲示板を見せてもらえないか」

「この前見たら、シロロホルムの書き込みは全部消えていて……」

書き込んだ内容を削除したとしても、サーバに記録が残っているかもしれない。動画には麗華の個人情報が晒されているため、児童保護本部は警察に連絡したはずだ。動画の投稿者が誰なのか特定されるのも時間の問題だろう。

新たな事件が発生せず、このまま収束に向かえばいいのだが——。

長谷川は、キヨの食堂を辞してから新堂のマンションに向かった。

マンションは、江戸川児童保護署から歩いて十分ほどの距離にある。

ダークブラウンの外壁。門からエントランスまでレンガ敷きの道が続いている。エントランスで部屋番号を押してみたが、応答はなかった。オートロックのため、それ以上は中に入れない。携帯電話も、いつものように留守電につながるだけだった。

報告のために里加子に連絡すると、児童保護本部の会議に出席しているようで救命部にはいなかった。早い方がいいと思い、現状報告のメールを送信した。

空を振り仰ぐと、分厚い雨雲が広がっている。もうすぐ雨が降り出しそうだ。長谷川の胸にも暗雲が立ち込めていた。漠然とした不安は強まる一方だった。

4

翌朝、スケジュール表を確認すると、長谷川の欄に午後一時から面談の予定が入っていた。面談相手は里加子だ。昨日送った現状報告のメールの件で気になることがあったのかもしれない。

午前中は国木田と巡回に行き、一時少し前から指定された面談室で待っていた。

ブラインドを開け、窓の外を眺めた。中庭にある桜の木が見える。まだ開花していないが、小さな蕾(つぼみ)が膨らみ、先端が薄桃色に色づいていた。

長谷川は椅子に腰を下ろし、壁時計に目を向けた。あと数分で一時になるところだ。いつもは面談する側だが、今日は保護児童の気持ちがよくわかる。なにが始まるのかわからず、そわそわと落ち着かない気分だった。

ドアが三度ノックされ、里加子が黒いファイルを手に入ってきた。あまり眠れていないのか、目の下のくまが目立っている。

里加子は正面の席に座り、神妙な面持ちで口を開いた。

「本部からの連絡によれば、カヅキが誰なのか特定できたそうよ」

「誰だったんですか?」

「東清涼高校一年の工藤拓海。自宅は江戸川区。麗華と同じ高校のクラスメイト。警察からの報告によれば、『カヅキの真相』という動画は、拓海の自宅のパソコンから投稿されたみたい」

「拓海が『暴力児童救命士の実態』というサイトも作ったんですか」

「そのサイトの管理者は、柳原麗華。彼女の自宅からアップロードされたものよ」

「新堂さんは、どうして彼女に恨まれているんですか」

里加子は「新堂君が担当した報告書」と言って、ファイルを開いて見せてくれた。

最初のページには、様々な人物の名前、年齢、住所などが記載されている。事件に関わった人間の個人情報だ。調査報告書は、百枚以上もある分厚いものだった。

里加子は、概要をかいつまんで説明した。

「一年半前、修西中学で久代琴音という少女が自殺したの。麗華と琴音は同じクラスだった。琴音は自宅のマンションのベランダから飛び降りる前に、ライフバンドで助けを求めた。けれど、児童救命士が駆けつけたときには飛び降りたあとで、既に息を引き取っていた。その案件を担当したのが、当時、渋谷児童保護署にいた新堂君だった」

「調査の結果、麗華がいじめの主犯格だと判明したんですか」

「報告書には、そう記載されている。麗華は、担任の石川という若い教師に恋心を抱いていた。けれど、石川はいじめられている琴音が心配で、彼女によく声をかけて見守っていたそうよ。麗華は、石川に気にかけてもらっている琴音を羨むようになり、ますますいじめは激しくなっていった」

「いじめの実態がわかっているのに、注意する教師はいなかったんですか」

「修西中学は有名大学の付属中学で、お金持ちの子どもが通う名門校。麗華の父親の兄は、大学の理事長だったそうよ。だから、他の教師も麗華には厳しく指導できなかった。それだけでなく、注意をすれば、琴音へのいじめがもっとひどくなる恐れもあり、どうすることもできず苦しんでいた、そう石川は証言している」

「同じ中学に拓海もいたんですか」

「彼はいなかった。麗華はいじめの問題が大きくなり、居づらくなったのか、付属高校への進学はせず、受験をして別の高校に入学した。その高校で拓海と同じクラスになった。大学まで安泰だったのに、生活環境を壊された麗華は、琴音や新堂を恨んだ」

「完全に逆恨みですね。けれど、調査にあたった児童救命士は二名いたはずです。なぜ新堂さんだけが恨まれるんですか」

「新堂君が暴いたのは、いじめの問題だけではなかったからよ。石川が自分のマンションの部屋に琴音を入れ、相談にのっていたという事実を調べ上げた。学校側から『教師失格』の烙印を押され、その後、責任を問われた石川は練炭自殺した。麗華から、石川を追いつめた人物は誰なのかと問われたとき、新堂君は『先生については自分が単独で調査した』と答えたそうよ。彼女は好きな人まで失い、新堂君への恨みは増していったんだと思う」

里加子は、重い息を吐き出してから続けた。「麗華は、家庭環境にも問題があったみたい。高校生になってからは拓海をいじめて、溜まったストレスを発散していたのかもしれない」

自分の手は汚さず、拓海を利用して新堂を追い込もうとした。十六歳の少女だとは思えないほど、ずる賢い人物だ。

「麗華への調査は行ったんですか」

「本部の話では、自宅に行っても母親が会わせてくれないみたい。麗華の高校の担任の話によれば、学校も休んでいるそうよ。彼女みたいな子は、人の痛みには鈍感なのに、自分が傷つけられたら大騒ぎする可能性もある。嘘をついてまで人を追い込む。この先が思いやられるわ。もっと心配なのは……彼女に自罰的な思考があった場合よ。石川のように、自らを傷つける可能性もある」

ずっと胸騒ぎがしていた。今の段階では真偽が判然としないため、報道はされていない。けれど、拓海や麗華の身になにか起これば、この問題はもっと大きく取り上げられ、マスコミが報道する事態になるだろう。そうなれば、暴力行為に関しての潔白は証明されても、マスコミが新堂の過去を調べる可能性も出てくる。おもしろいと判断すれば、センセーショナルに取り上げられる恐れもある。そんな事態はどうしても避けたい。これ以上、問題を大きくしたくなかった。

「今から拓海の自宅に行って、詳しい話を訊いてもよろしいですか。麗華の自宅は管轄外なので難しいかもしれませんが、拓海は江戸川区なので、江戸川署が調査を行っても問題はありませんよね」

本来、ライフバンドの対象は中学生までだが、高校でのいじめが発覚し、学校側や教育委員会に依頼されれば、児童救命士が調査を行うこともある。

里加子はしばらく逡巡したあと、諦観(ていかん)の眼差しで言った。

「新堂君に問題がないのは判明している。今から本部に連絡して、承諾が得られた場合は、国木田君と一緒に聞き取り調査に行ってちょうだい」

「ありがとうございます！」

長谷川は頭を下げてから、ドアに向かって歩き出した。

「いつも仕事を怖がってる」

その言葉の意味がわからず、長谷川が振り返ると、里加子は懐かしそうに目を細めた。

「新堂君は、長谷川君をずいぶん褒めていた。『あいつは、いつも仕事を怖がってる。怖がるのは、本気だからだ。子どもを救いたいと真剣に願っている。手も足もガクガク震わせて、それでも現場に向かう。俺はあいつの本気が気に入っている。いつか、恐怖を強さに変えられる日が来る。きっと、長谷川はいい児童救命士になります』、そう誇らしそうに話してくれた」

この仕事を始めてから、いつも恐怖心に苛まれ、悪夢を見る日々だった。そんな自分に嫌気が差し、情けなくてどうしようもなかった。けれど、新堂はそんな姿を――。

長谷川は全身に力を込め、今できることに意識を集中させ、ドアを開けた。

児童保護本部は、新堂に不手際はないと知り、江戸川児童保護署が拓海の調査に乗り出すのを承諾してくれた。おそらく、問題が収束しない焦りもあり、現場の署員に一任してくれたのだろう。

高校の授業が終わる頃を見計らって、工藤家に向かった。古い木造の一軒家。家屋の前には、狭いながらも庭がある。白い花びらのマーガレットが綺麗だった。

国木田がマーガレットを褒めたせいか、児童救命士の手帳を見せて来意を告げると、拓海の祖母は機嫌よく居間に案内してくれた。座卓に、緑茶、漬物、和菓子が次々に並べられていく。

国木田は柔らかい笑みを浮かべながら頭を下げた。救命部にいるときの厳つい表情が嘘のようだ。

次の瞬間、階段を駆け下りてくる荒々しい足音が響いてくる。

「ばあちゃん、勝手に知らない人を家に上げるなよ」

制服姿の拓海が、不機嫌そうな顔で部屋に入ってきた。上背はあるが、痩せ気味の人物だった。顔色も悪く、長い前髪で目が隠れている。

ふてくされた態度で正面に座ると、拓海は抑揚のない声で吐き捨てた。

「なんの用ですか」

「そんな言い方しないの。児童救命士さんたちが見回りに来てくださったんだから」

込み入った事情を話すと長くなるので、祖母には巡回に来たと伝えたのだ。

「ばあちゃんは、庭の手入れでもしてきて。個人的に話したいことがあるから……」

祖母は「ごめんなさいね。根は悪い子じゃないんですよ」と言い残し、部屋を出て行った。

拓海は怯えているのか、目を合わせようとしない。どのような目的で来たのか理解しているようだ。

長谷川がなにから尋ねようか悩んでいると、国木田が質問した。

「今、ご両親は？」

「会社です。ふたりとも働いているので……」

長谷川は心配になり、思わず尋ねた。

「制服を着ているということは、学校に行ったんだね。なにか嫌なことはされなかった？」

「大丈夫です。麗華は学校を休んでいるので……。あいつと一緒に嫌がらせをしていた奴らは、動画サイトに暴露されるのが怖いみたいで、謝ってきました。こんなことなら、もっと早くやり返せばよかった」

窮鼠猫を嚙む。いじめる側は、リスクを認知していなかったのだ。このままいじめを続ければ、ただ事では済まないとわかったのだろう。

「どうして君は麗華さんの言いなりになって、彼女に協力したんだ」

国木田が尋ねると、拓海は答えたくないのか顔を伏せた。

「我々は警察ではなく、児童救命士だ。君に不利益になるような行動はしないと約束する。だから、正直に話してほしい」

国木田はいつもの厳しい口調ではなく、穏やかな声音で諭すように言った。

「本当に……学校には言わないと約束してくれますか」

「約束するから話してくれ」

「最初は仲がよかったんです。だけど、しばらくしてから麗華は、女子から嫌われるようになりました。『こんな底辺高校に来るはずじゃなかった』ってぼやいたからです。でも、男子からは人気がありました。顔はそれなりにかわいいし、スタイルもいいから……それに、タバコとかも持っていて」

拓海は緊張しているのか、唾をごくりと飲み込んでから言葉を継いだ。「僕を含めて、特に仲のいい五人で遊ぶことが多くなりました。麗華以外は、全員男子です。誰かの家に行って遊んだりして、最初はすごく楽しかった。五人とも、大人に対して不満があったし……」

そこで言い淀んだ拓海を促すように、長谷川が訊いた。

「どんな不満があったの？」

「僕は担任が苦手で、麗華は家族が大嫌いだって言っていました。母親は頭のいい兄ばかり大事にするみたいで、麗華には興味がないそうです。親はすぐに兄妹を比較するって怒っていました。昔、母親に『恥ずかしい子。私たちの顔に泥を塗らないで』と言われたそうです」

「最初は仲がよかったのに、どうしていじめられるようになったのかな？」長谷川は、質問を重ねた。

「麗華の父親は不動産関係の社長で、別荘や別宅もいくつも持っているんです。前に、そのひとつにみんなで泊まりに行きました。僕からしたら麗華の家は金持ちだし、父親からたくさん小遣いをもらっていて……羨ましくて、軽い気持ちで『母親に嫌われているのは、麗華が悪い子だからじゃないの』って言ったら、なんか空気がおかしくなって、次の日から無視されるようになった。無視だけならいいけど、前に僕がタバコを吸っている写真を撮られていて、その写真で脅されるようになったんです。うちの高校、校則にも書いてあるけど、タバコを吸ったら退学になるから……」

拓海は歪んだ顔で言葉を吐き出した。「あいつらだって吸ってたくせに」

いつもの国木田なら、青少年期にタバコを吸うことの健康面での弊害を説明しそうなのだが、今日は困惑顔で机の一点を見つめている。

長谷川は気になっていたことを尋ねた。

「シロロホルムが誰なのか、どこで出会ったのか教えてもらえないか」

「僕の命の恩人だから、言いたくありません。それに、彼は関係ありません。シロロホルムは僕の相談にのってくれていただけで、動画を制作したのは僕なんです」

「でも、シロロホルムから『どうせ死ぬなら麗華の悪行を暴露してやろう』と提案されたんだよね」

「実行したのは僕自身です。動画を投稿すれば、いじめがひどくなるかもしれないから、人から提案されてやったことにした方がいいと、シロロホルムから言われたんです。仲間がいるというアピールをすれば、相手は怖がるだろうからって」

シロロホルムは知恵者なのかもしれない。未成年者ではない可能性もある。

部屋に重苦しい沈黙が訪れると、拓海は怯えた声で確認した。

「数日前、警察が家に来たんですが、僕は捕まるんですか」

新堂や麗華が刑事告訴した場合、名誉毀損罪や侮辱罪で罰せられる可能性もある。社会的評価が著しく下がり、損害が生じたので慰謝料を請求されるかもしれない。けれど、新堂がそれを望むとは思えない。

「麗華さんに関してはわからない。けれど、新堂さんが訴えることはないと思う」

「どうしてですか？　麗華にはひどいことをされたからいいけど、新堂さんは関係ないのに……僕は嘘の写真を……」

長谷川は手帳を取り出し、下部にあるエンブレムを見せた。

「このエンブレムは、ネモフィラの花なんだ。花言葉には『あなたを許します』という意味がある。児童救命士は誰かを罰するのではなく、みんなが自分らしく、安全に生きられる世の中になることを望んでいるんだ」

拓海の目から怯えの色が消えた。肩をすぼめて下を向くと、彼は震える声で「ごめんなさい」とつぶやいた。

「サイトには、新堂さんの過去が載っていたけど、あれは君が調べたの？」

長谷川の問いかけに、拓海はすぐに答えた。

「すごく高い調査料を払って、麗華が調査会社に頼んだんです」

通常、調査会社は未成年者からの依頼は受けないはずだ。法律上、大人がいなければ契約できないからだ。きっと、探偵業の届け出を行っていない、金さえ払えばなんでもやる業者に依頼したのだろう。

「海外のサーバを使用したようだが、どこでサイトを制作したんだ」国木田は訊いた。

「麗華の部屋です。洋服はひらひらしたレースがついたものが好きなのに、部屋には『サイバー犯罪』に関する本がたくさん置いてあって、気味が悪くなりました」

もしかしたら、ずっと報復の準備をしていたのかもしれない。このまま新堂への攻撃は終わるのだろうか――。胸騒ぎは収まらなかった。

工藤家を辞し、車に乗り込んでから、長谷川は疑問を口にした。

「麗華の母親は彼女に無関心だった可能性があります。それなのに彼女をかばって、児童救命士との面会を拒否するでしょうか。面会を拒否し続ければ、問題は深刻化する一方です。そうなれば、ますます世間体は悪くなり、親の顔に泥を塗る結果になる」

「拓海の家に戻って、麗華の自宅の住所を教えてもらい、今から彼女の家に行ってみないか」

国木田から出た言葉だとは思えなかった。

「しかし、麗華の自宅は世田谷(せたがや)です。管轄外の調査をするときは許可が……」

「本部の人間は面会を拒否されたんだ。本部が使えないなら、俺たちが調査にあたってもかまわないだろ」

国木田は上の命令には従順で、生真面目な人物だと思っていた。始末書という言葉が、最も似合わないタイプだ。

長谷川の気持ちを察したのか、国木田は一呼吸置いてから言った。

「新堂には、いくつも借りがあるんだ」

「借り？」

「以前、相田は保護児童を傷つけて怒らせた。だが、あいつは俺にいっさい報告しなかった」

相田とは同期入署なので、仕事の愚痴などを言い合う仲だが、長谷川は初めて耳にする話だった。同期だからこそ、自分の失敗談は知られたくなかったのかもしれない。

「俺は、相田を休憩室に呼び出し、『お前は最低な児童救命士だ』と罵った。それを見ていた新堂から、『国木田の過去は立派なものばかりなんだろうな』と言われた。あのとき頬を張られた気がしたよ。大学の頃、俺は三年間付き合った彼女に振られた。今思えば、たかが失恋だ。だがな、まだ若かった俺は川に飛び込んで死んでやろうと思った。そのとき通りかかった警察官に職質されて、泣きながら話を聞いてもらった。警察官は『つらかったな』と言いながら、背中を撫でてくれた。俺の過去は、立派なんてもんじゃない。こんなのは序の口で、恥ずかしくて顔から火が出るような愚かなものもたくさんある」

かつて亡くした親友、一成の笑顔が長谷川の脳裏をかすめた。

「僕の過去も情けないものです」

「そうか……。自分の情けない過去を思い出したら、なぜか怒りが和らいだ。みんな失敗を重ね、反省し、どうしようもない過去を背負って、それでも前を向いて、歯を食いしばって生きていくんだ。そう思ったら、人に優しくなれた。俺は、新堂みたいに良い先輩にはなれないから、相田が少し不憫だけどな」

「そんな……相田は休みの日の柔道の練習はきついけど、国木田さんをとても尊敬していると言っています」

「あいつは練習のことを愚痴っているのか」

長谷川は慌てて否定したが、国木田は目を細めて微笑んだ。

「俺たちの仕事は危険が伴う場合もある。パートナーの命は、自分の命と同等に大切なんだ。だから強くなってほしい」

ここまでの想い(おも)があることは、気づいていないだろう。相田が凹(へこ)んだとき、教えてあげたいと思った。

長谷川は、ポケットからメモ帳を取り出してページをめくった。調査報告書に記載されていた麗華の自宅の住所が書き写してある。それをカーナビに入力した。

国木田は、虚を衝かれたような顔で口を開いた。

「お前、ひとりで行くつもりだったんだな」

「僕は始末書には慣れていますけど、国木田さんは大丈夫ですか」

「俺の夢は始末書を書くことだ」

「新堂さんみたいなこと言わないでくださいよ」

ふたり分の笑い声が重なり、車内が穏やかな空気に包まれた。

首都高速を走り、玉川通りに出て、麗華の自宅まで向かった。

三階建ての家の前には、車が二台ほど駐車できるスペースがある。母親らしき人物が、ちょうど高級外車から出てくるところだった。百貨店の紙袋をたくさん抱えている。

「麗華さんのお母様ですか」

国木田が手帳を片手に近寄ると、女は露骨に迷惑そうな表情を浮かべてうなずいた。

「警察からも連絡があったと思いますが、娘さんがネット上で人を傷つける行為に及んだことはご存知(ぞんじ)ですよね」

母親は近所の目が気になるのか、周囲に視線を走らせてから小声で言った。

「大きな声を出さないでください。娘はまだ学校から帰宅していないので家にいません」

国木田は一歩前へ出て問いつめた。

「見たところ、今お帰りになったようですが、なぜ娘さんが家にいないとおわかりになったのですか」

続けて、長谷川も追い打ちをかけるように言った。

「学校から帰宅していないと仰いましたが、同級生からの話によれば、麗華さんは学校を休んでいるようですね」

「それは……」

母親は動揺した様子で早口に言った。「私も彼女には手を焼いているんです。数日前から家には帰ってきていません。学校に行っているかどうかも知りません」

「警察に連絡しましたか」国木田が訊く。

「そんな大げさなことではありません。よくあることなんです。いつもお金がなくなれば、家に帰ってくるので……。夫が甘やかすから、あんな子になってしまったんです」

「麗華さんの行き先に、お心あたりはありませんか」長谷川は訊いた。

「わかりません。あの子は家ではあまり話をしないので」

母親は大きな溜め息を吐き出してから言った。「あの人からの連絡はちゃんと娘に伝えましたから」

意味がわからず、長谷川は質問した。

「誰からの連絡ですか?」

「新堂という児童救命士から電話があったんです。娘は不在だと伝えたら、『自分の電話番号を必ず伝えてほしい』と言われて。だから、『もう家族に迷惑はかけないで』というメールと一緒に、娘に番号を伝えました。忙しいので、失礼します」

母親は苛立った様子で玄関まで駆けて行くと、家の中に入ってしまった。

まるで他人事のようだ。娘が家に帰っていないというのを知られたくなくて、児童保護本部の面会を拒否したのだろう。帰宅していないのがわかれば、親の教育がしっかりなされていないと叱責されると思ったのかもしれない。

「新堂さんは、どうして麗華に連絡したのでしょうか」

「逆恨みとは言え、自分が担当した案件だ。責任を感じているのかもしれない」

拓海が動画を投稿してから、ネット上では新堂を誹謗中傷する書き込みは減ったが、麗華を罵倒する内容は増えていった。ネットに晒され、追いつめられた麗華が心配だった。きっと、新堂も同じ気持ちなのだろう。不幸な結末に向かわないように、なにかできることはないか焦燥感に駆られた。

5

翌日からは、相田が連休を終えたため、三人で業務を遂行することになった。国木田は、巡回の時間になると、ふたりいれば充分だと言い、長谷川を管轄外の見回りに行かせてくれた。麗華を捜索する時間を与えてくれたのだ。

長谷川は巡回の時間だけでなく、非番の日や休日を利用し、若者が好みそうな場所に行き、麗華を捜し続けた。足が棒になるまで歩き回り、気づけば、夕暮れの気配は過ぎ去り、空は暗い夜闇（よやみ）に染まっていた。なにも収穫のないまま家路につく日々だった。

その日も非番だったので、午後一時まで溜まった書類を片付け、麗華を捜しに行こうと思っていた矢先、里加子に呼び出された。

新堂が、明後日から復帰するという朗報だった。久しぶりに気持ちが明るくなる。長谷川が意気揚々と席に戻ると、卓上の携帯電話が振動した。涼太からのメールだ。

——麗華の裏アカを発見。児童救命士の悪口ばかり書き込んでいるアカウントを検索していたら、裏アカらしきものを見つけたんだ。アドレスを載せとくね。

拓海の動画にも、麗華の裏アカウントについての記載があったことを思い出した。

長谷川は、すぐにアドレスにアクセスして目を通した。日付を確認すると一年前から開設しているようだ。ＳＮＳには、児童救命士を罵倒するような投稿が多数あり、『児童救命士のＳ・Ａは最悪』という書き込みが多い。

その投稿に対して、必ずリプライを寄せている人物がいる。『Ｍ』というハンドルネーム。Ｍ以外のリプライは、ほとんどないので、やけに目立っている。

Ｍは児童救命士の悪口に賛同するように、『僕も君の気持ちがよくわかる。あいつらは使えない国家の犬だ』、『児童救命士は問題を大きくするバカ集団』、『あいつらのせいで不幸になる子どもが増加中』などと書き込んでいる。

また携帯電話が振動した。

長谷川は受信したメールを見て、目を疑った。

――児童救命士の中に危険人物がいる。秘密裏に調査を行いたいから、ひとりで下記の住所まで来てくれ。

新堂からのメールだった。国木田と目が合い、心臓が跳ね上がり、顔が凍りついた。

「長谷川、大丈夫か？　顔色が悪いぞ」

「いえ……なんでもありません」

「非番なんだから、早く帰って休め」

国木田も非番のはずなのに、難しい顔でパソコンの画面を睨んでいる。相田は帰り支度をしていた。里加子は電話中で、鈴木は外出している。

児童救命士の中に……危険人物がいる？

もう一度、周囲に目を走らせた。鼓動が速まる。どの人物も怪しく見えてしまう。

長谷川は机に広げた資料を鞄に入れ、国木田に挨拶をしてから救命部をあとにした。

メールで指示された場所は江東区の新木場だった。

保護署を出てすぐにタクシーに乗り、目的地に到着した。そこは広大な埋立地に、物流センターや工場が林立している場所だった。

埋立地のいちばん端に、倉庫のような建物がある。まるで廃業したかのように静まり返り、辺りに人影は見当たらなかった。壁面に窓はなく、出入りできそうなところはシャッターが降ろされている。敷地の隣は運河だった。

なぜこんな場所に呼び出したのだろう——。

長谷川は携帯電話を取り出した。誰からもメールは届いていない。新堂に連絡してみたが、留守電につながるばかり。

建物の裏手に回ると、鉄製のドアがある。ドアノブをつかみ、ゆっくり回してみた。鍵はかかっていないようだ。重いドアを引き開け、警戒しながら中を確認する。

奥行きのある空間には、コンクリートの太い柱がいくつか立っていた。倉庫のようだが、ダンボールも運搬作業をするリフトもない。いちばん奥に軽自動車が一台とまっているだけだ。天井には窓があり、そこから光が差し込んでいる。

「新堂さん、いませんか！」

思いきって声を張り上げると、室内に虚しく反響した。

次の瞬間、軽自動車の方からカタンという音が聞こえた。長谷川は周囲に目を配りながら、一歩一歩奥へ進んでいく。

「新堂さん、いるなら出てきてください」

背後に気配を感じた瞬間、後頭部に強い衝撃を受けた。脳が揺れ、視界がかすむ。頭が割れるように痛んだ。平衡感覚を失い、床に膝をつくと、誰かの茶色い革靴が目に飛び込んでくる。靴底で顔面を蹴られ、長谷川は仰向けに倒れた。背中を強打する。瞬時に激しいめまいと吐き気に襲われた。鼻から生温かい液体がこぼれてくる。

強烈な痛みと共に、強い悔恨を覚えた。誰にも報告せず、ひとりで指定された場所に赴いたことを後悔した。まだ明るい時間帯だったため、油断していたのだ。

遠くから誰かのくぐもった声が聞こえる。全身が小刻みに震え、目の前が真っ暗になり意識を失った。

嘔気を覚え、ゆっくり目を開いた。頭がズキズキと痛む。長谷川が身体を動かそうとすると、腹に激痛が走った。蹴られたのだ。呼吸がうまくできない。口の中は、血の味でいっぱいだった。

「暴力はよせ！　こいつは関係ない」

聞き慣れた声を耳にし、隣を見た瞬間、背筋がすっと寒くなる。

一瞬、誰だかわからなかった。それほど顔が腫れていたのだ。コンクリートの柱に縛りつけられているのは、新堂だった。唇の端から血が流れ、まぶたが腫れ上がっている。シャツは血だらけだ。床に座った状態で、上半身を細いロープで縛られ、閉じた両足にはガムテープが巻いてある。刺されたのか、右足から血を流していた。

新堂からは、いつもの悠然たる態度は微塵も感じられない。切迫感が読み取れるほど、緊張の色を隠せないでいた。

長谷川も同じように柱に縛りつけられている。正面に目を向けた途端、身体の芯が凍った。思考も停止する。なにが起きているのか、まったく理解できない——。

「どうして……誠君が……」

長谷川の声は、驚くほどかすれていた。

目の前には、無表情の誠が立っている。横には、写真で見た少女、麗華がいた。髪は短くなっているが、それ以外は動画サイトの写真と寸分違わない。

彼女の斜め後ろには、細身だが筋肉質な男がふたりいる。男のひとりは、鼻梁が低く無精髭をはやしていた。唇も目も細くて、どことなく蛇を連想させる顔つきだ。もうひとりは、ガムをくちゃくちゃと噛み、薄ら笑いを浮かべている。聡明さは微塵も感じられない。

麗華は、真っ白なワンピース姿だった。顎で切りそろえられた茶色い髪。端整な顔立ちだが、誰のことも信用していないような空虚な目をしている。そのせいか、十代の若々しさはなく、陰気な雰囲気を漂わせていた。右手にはバタフライナイフ、左手には新堂の携帯電話を握りしめている。足元には、ライフバンドが落ちていた。きっと、誠のものだろう。

「ライフバンドが大嫌いだから、外してもらったの」

麗華はそう言って、足元にあるライフバンドを踏みつけた。

長谷川は、痛みを堪えながら口を動かした。

「これは、どういうことなんですか」

新堂に訊いたのだが、麗華が薄ら笑いを浮かべて答えた。

「この人の携帯電話を使って、あなたを呼び出したの。あの文章うまかったでしょ？　最初はここまでするつもりじゃなかった。だけど、どんどん予定が狂って、もう殺しちゃおうかなっていう状況」

同じ言語を使用しているのに、なにを言っているのかまったく理解できない。

長谷川の混乱を見てとったのか、新堂は口を開いた。

「俺の携帯電話に『今から死ぬ』という連絡が来たんだ」

「笑える。私が泣きそうな声で電話したら、簡単に騙されるんだもん。ちょっと警戒心が足りないんじゃない。それとも女子高生から呼び出されて嬉しくなっちゃった？」

「長谷川のことは想定外だが、俺が報復されるのは想定内だった」

「死ぬのをわかっていて、ここに来たってこと？」

麗華の質問に、新堂はいつもと変わらぬ抑揚のない声で答えた。

「この世界は、生きたいと思っている人間だけで構成されているわけじゃない」

「あなたは死にたいの？」

「あぁ、そうだ」

「弟を見殺しにした人間の言葉だとは思えないけど、それが本心なら夢が叶ってよかったね。今から死ねるんだから」

緊迫した状況なのに、ふたりは見つめ合って微笑んでいる。心が共鳴しているような、奇妙な空気が漂っていた。

蛇男とガム男は、その不気味な光景を目にし、薄ら笑いを浮かべている。

新堂はいつになく真剣な表情で言った。

「俺は殺されてもかまわないが、長谷川は解放しろ」

「それは私には決められない」

麗華はそう言ったあと、誠にちらりと視線を送った。

長谷川は意図が読めず、上ずった声で尋ねた。

「誠君は、どうしてここにいるんだ」

「お前に仕返しするためだよ。僕のお母さん、もう歩けないし、目も見えなくなった。お前が余計なことをしなければ、あんなひどい怪我はしなかったんだ。あんたは新人らしいね。だからやり方を間違えた。そのせいで僕のお母さんは……」

誠はそこまで言うと、悔しそうに唇を嚙みしめた。

母親のひどい状態や誠の秘めた思いを知り、長谷川は愕然とした。国家保護施設で会ったとき、なぜ真実を教えてくれなかったのだろう。この報復のために怒りを押し殺していたのか――。自責の念を感じた。母親の容態を確認していれば、もっと早く誠の痛みに気づけたかもしれないからだ。

麗華は、芝居がかった声音で言った。

「小学生なのに根性があるよね。あなたを母親と同じ状況にしたいんだって」

長谷川は四人の関係性が見えず、疑問を口にした。

「君たちはどういう関係なんだ」

「ネットで募集したの。身動きができないように縛ってくれたら、報酬は五十万。需要と供給がマッチングすれば、人殺しも簡単にできる世の中なんだよ」

「人を殺したら、人生はとても苦しいものになる。未成年者でも君は十六歳だから、刑事処分が相当として逆送される可能性が高い」長谷川は語気を強めた。

「脅しのつもり？　私も死のうと思っているから、まったく怖くない。だから死刑になってもかまわない。どうせならもっとたくさん殺そうかな。気に入らない人間を次々呼び出して、グサグサ刺していくの。未成年の連続殺人犯ってかっこよくない？　史上最多の殺人鬼として歴史に名を残してみたいな」

虚勢を張っているとは思えない。口調は軽いが、覚悟を決めている者がみせる、強い眼差しをしている。既に倫理観が崩壊しているのだ。

死を覚悟の上での犯行ならば、やめさせる術（すべ）はないだろう。法を恐れなくなった人間ほど厄介なものはない。もう言葉が通じる段階ではないのだ。それでも、彼女の中に人間らしい光は残っていないか、一縷の望みにすがりたくなる。まだ新堂を生かしているところを見ると、麗華にも迷いがあるのではないだろうか——。

長谷川は、拓海から聞いた話を思い出しながら尋ねた。

「母親に愛されない哀しみから、人間らしさを失ったのか」

「児童救命士って、バカなのね。あの人、お母さんなんかじゃないから」

「そのようだね。君の実母は、小学三年のときに病気で亡くなった。その半年後、父親は再婚した。兄は、継母の連れ子だ」

新堂の調査報告書は、驚くほど詳細に調べ上げられていた。

「週刊誌の記者みたい。そんなことまで知ってるなんて」

「君たちがなにを恐れ、なにに傷ついているのか、本心に触れるためには、しっかり調査して真実に目を向けるしかない」

長谷川がそう言うと、麗華の顔に翳りがさした。

「でも、私は救われなかった。あの継母は、パパが家にいるときは優しいけど、いなくなると鬼みたいになる」

「なぜ本心を父親に打ち明けなかったんだ?」長谷川は訊いた。

「パパはね、自由な時間がほしいの。自由な時間を手に入れるためには、子どもの面倒を見る大人がいないといけない。パパにとって、あの女は都合がいいのよ。だから、『ママとうまくやってくれ』って言われるだけ」

　麗華の顔には、十代だとは思えないほど苦悩が滲み出ていた。

「あの女は、自分の息子ばかり大事にして……夕食のメニューもいつも違った。お兄ちゃんは手作りハンバーグ。私はジャムパン。あなたは成績が悪いからハンバーグが食べられないのよ、って言われた。お兄ちゃんはなにも言わず、ニコニコ笑いながらおいしそうに食べていた。中学のときの先生からは『お兄さんは優秀だったぞ。お前はもっとがんばらないとな』って笑われた。でも、石川先生だけは、私には絵の才能があるって褒めてくれた。誰かと比較なんてしなくていい、って励ましてくれた」

　孤独な状況に身を置いていた麗華にとって、石川の存在は計り知れないほど大きかったのだ。唯一の心の支えだったのかもしれない。

　なぜ新堂の過去を晒したのか、その真相に気づいた。継母に蔑まれ、ひどい暴言を投げられても、義理の兄は麗華を助けてくれなかったのだろう。おそらく彼女は、新堂の弟を自分と重ね合わせ、憎しみを募らせるようになったのだ。

　麗華は、きつい口調で詰問した。

「なんで石川先生を殺したの？」

　新堂はしばらく間を置いてから、冷淡な口調で答えた。

「殺したわけじゃない。石川先生は自ら命を絶ったんだ」

「先生は、あなたに殺されたんだよ。クラスのいじめを調査して、先生は関係ないのに追い込んで、教師まで辞めなきゃいけない状況にした」

長谷川は、納得できず尋ねた。

「君が琴音さんをいじめていたのは事実だ。その反省はないのか」

「だからよ！　私があの子をいじめなければ先生は死ななかった。だから……私も同罪だと思ってる」

「それなら、どうして新堂さんを傷つけるんだ」

「最初は殺そうなんて思わなかった。ネットに晒して終わりにするつもりだった。だけど、まさか拓海が反撃してくるなんて……。あそこまでネットに晒されたら、もう高校には行けない。私の未来は完全に終わり。情報はネットにずっと残っていて、この先、就職も結婚もできないかもしれない。だから、死のうかな、って本気で思った。でも、その前に先生を殺した新堂敦士に仕返ししたかった。先生を殺したのは、私とあなたよ」

麗華は、冷たい目で新堂を見下ろしながら訊いた。「ねぇ、弟が死んでいくとき、どう思った？」

彼は顔色ひとつ変えず、冷静な声で答えた。

「つらかった……」

「嘘つき。だったら、なんで弟を助けなかったの？　どうして守ってあげなかったの？」

麗華は苛立った様子で、新堂の顎を蹴り上げた。

「暴力はやめろ！」長谷川は叫んだ。

「大きな声を出したら、今すぐ刺すよ。まぁ、どっちにしても殺すんだけど」

麗華は、バタフライナイフをゆらゆら揺らしながら笑った。

常軌を逸している。人の痛みを想像する能力が皆無なのだ。腹の底から哀しみと怒りが込み上げてくる。

「当時、新堂さんは、まだ九歳だった。身体の小さい、幼い少年が、大人ふたりの暴力をとめられるわけがない」

気づけば、長谷川は感情を露わにして怒鳴っていた。「弟を救えなかったことを悔み、悪夢を見続ける日々がどれほどつらいか君にわかるか？　この世界にはたくさんおいしいものが存在するのに、シリアルしか食べられなくなった人間の気持ちがわかるか？　どれほどの悔恨の念を抱えながら今日まで……」

新堂は「もういい」と遮ったあと、驚く言葉を口にした。

「柳原麗華は、被害者のひとりだ」

長谷川は意味がわからず、新堂の横顔を見つめた。いつか目にしたことがある、誰かを悼んでいるような表情だった。

「彼女の腕には、自傷行為の痕がいくつもあった。死にたいという気持ちは嘘ではない。俺たちにはわからない苦しみを抱えているはずだ。これは、尊厳を踏みにじられてきた子どもの行末(ゆくすえ)だ」

麗華が携帯電話を投げつけると、新堂の肩に当たり、床に転がった。感情のなかった彼女の瞳には、激しい怒りと哀しみの色が宿っていた。

「それって職業病？　腕にリスカの痕を見つけるのが趣味なの？　あなたなんかに同情されたくないから。もういいや。別に話がしたかったわけじゃないし。この人たちを殺してから、継母とあいつの息子も殺すつもりだから、手伝ってもらえる？」

麗華が男たちに目を向けると、蛇男は困惑顔で言った。

「俺たちは殺人には関与しない。男ふたりを身動きできないようにしたら五十万もらえるっていう条件で引き受けたんだ。仕事を追加するならもっともらわないと割に合わない」

「百万追加してあげるからいいでしょ？」

「金はいつ振り込むんだ」

「全部終わってから」

「まだ三十万しかもらってないし、信用できない」

「継母たちを殺したら、すぐに残りを払うから」

蛇男は怪訝(けげん)な表情で、ガム男の顔を見た。ガム男は「俺らが手を下すわけじゃないし、いいんじゃない」と笑った。自分の保身を考えるだけの頭はあるようだ。

「少年はどうする？」

麗華は、無表情で佇んでいる誠に訊いた。

「自分の手でやりたいんでしょ？」

誠は、鋭い目で長谷川をちらりと見やり、麗華から左手でナイフを受け取った。緩慢な動きで歩いて来ると、ナイフの切っ先をこちらに向けた。目は真剣そのものだ。

室内の空気が張りつめ、心拍数が急速に上がっていく。殺される恐怖よりも、情けなさが勝った。本当につらいのは、誠を犯罪者にしてしまうことだ。

「やるなら俺をやれ」

新堂は、怒気を含んだ声音で告げた。けれど、誠の心は揺るがない。長谷川から目を逸らさなかった。

「少年、早くやりなよ。警察には、こいつらを殺したのは私だって言ってあげるから。それなら心配ないでしょ」

「君にも良心が残っていたんだな」

長谷川は、思わず心の声を言葉にしていた。

「良心？」

「君と同じように苦しい経験をしてきた誠君を傷つけたくないんだろ」

「だったらなに？　私はどうせ死ぬんだから、人をどれだけ殺そうと変わらないじゃない」

「誠君を救えるのは君だけだ。彼に罪を背負わせないでほしい」

「それって、自分が助かりたいだけでしょ」

「違う。殺されるよりもつらいのは、子どもたちを犯罪者にしてしまうことだ」

長谷川は、誠に目を向けると続けた。「僕が許せないなら『自ら死ぬ』と約束する。だから、誠君は自分を傷つけないでほしい」

麗華は微笑を湛えて言った。

「それが本心なら、早く死ねば。舌を思いっきり噛めば死ねるかもよ」

「僕がやる。児童救命士なんて大嫌いだ。役に立たないから」

誠はそう言うと、右手の人差し指の先で頰を軽く二回叩いた。

長谷川は思わず目を見張った。ある映像が脳裏によみがえってくる。恥ずかしそうに微笑む少年の顔。照れ笑いを浮かべる中年男の姿――。

「新堂さん……見えますか？　救いの森は、ここにもあります。あなたが救ってきた子どもたちは、そんなに愚かじゃない。ひとつだけ約束してください」

長谷川は、不可解な表情を浮かべている新堂を見ながら言った。「もし僕らが助かったら、もうシリアルはやめてください。僕と一緒に、キヨさんの作ったご飯を食べてください」

麗華は憐れむような表情を浮かべて「死ぬのが怖くて、頭がおかしくなったんじゃない」と吐き捨てた。

「新堂さん、約束してください！」

長谷川が叫ぶと、新堂は「約束する」と唸るような声で返事をしてくれた。

誠はナイフを片手に、じりじり歩み寄ってくる。

次の瞬間、轟音が響き、強い西日が差し込んできた。勢いよくシャッターが上がる。

長谷川は、眩しくて目を細めた。四人のシルエットが見える。逆光になっていて顔はよく見えない。目を凝らした。室内に駆け込んできたのは、児童救命士の仲間たちだ。

蛇男が逃げようと外に向かって駆け出す。国木田は素早く蛇男の懐に入ると、内側から足を刈り、重心が崩れたところを後方へ倒した。

怯えたガム男が奇声を上げながら走り出すと、鈴木は行く手を塞ぐように立ちはだかった。ガム男が拳を突き出して殴りかかる。鈴木は腰を屈め、強烈なパンチを腹に打ち込んだ。

いつも優雅な雰囲気の里加子は「子どもと仲間に手を出したら、ぶっ殺すぞ！」と息巻いている。ロープを手にした相田は、必死の形相で蛇男とガム男の腕を縛り上げていた。

誠は、ナイフを片手にこちらに近寄って来る。ガムテープとロープを切ってくれた。

「児童救命士が、子どもに助けられるなんて世も末ですね」

誠は大人びた表情で微笑んだ。

「シロロホルムは……誠君だったんだね？」長谷川は訊いた。

「そうです。僕のハンドルネームです」

「国家保護施設では、ネットの書き込みはできないはずだ」

「だから大変でした。学校の休みの日に外出届を出して、ネットカフェに行きました。ネットカフェは身分証明書が必要だから、ユウさんについてきてもらって、メールや書き込みをしたんです」

「ユウさんって、小宮裕二さんのこと？」

誠は笑みを湛えながら「そうですよ」とうなずいた。

かつてホームレスだった裕二は、キヨの食堂で子どもたちの食事の準備を手伝っていた。夜は、『聞き屋』という仕事を始めたようだ。路上に座り、人々の悩みや愚痴を聞く仕事だ。『癒し(いや)のユウさん』と呼ばれ、人気があるらしい。

誠は、涼太とも知り合いなのだろうか。いや、涼太は、シロロホルムとはインターネット上の付き合いで、実際には会っていないと言っていた。けれど、ふたりの接点は涼太しか考えられない。

「涼太君という少年を知ってる？」

「もちろんです。何回も会っています。でも、涼太君には本名を名乗ったから、僕がシロホルムだとは知らないと思います」

麗華は、歪んだ顔で訊いた。

「どういうこと？　あんたこいつらの仲間だったの？」

「そうですよ。僕は拓海君とも知り合いです」

「なんで……あいつと……」

「拓海君は転校を考えていて、保護施設に見学に来たんです。でも、不安だったのか、中庭でウロウロしていたから、僕から声をかけました。拓海君は、高校でいじめられているという話をしてくれました。新堂さんの写真をアップしたことも知り、一緒に作戦を立てたんです」

ふたりが出会ったのは、国家保護施設だったのだ。

「拓海君からSNSの裏アカを教えてもらった僕は、『児童救命士を恨んでいる』というコメントを書き込んで、麗華さんと仲よくなったんです。麗華さんが復讐(ふくしゅう)しようとしているのを知り、場所を教えてもらうため、僕も復讐したいとお願いしました。でも、最後まで場所は教えてくれなかったから、かなり焦りました。街で待ち合わせをして、車にのせられてここまで来てみたら、新堂さんが捕まっていて、長谷川さんまでひどい暴力をふるわれて……ライフバンドを取られてしまったから、タイミングを見て、トイレに行く振りをして江戸川児童保護署へ連絡したんです。拓海君に携帯電話を借りておいてよかった」

「私を騙したの？」

麗華が誠につかみかかろうとすると、里加子が彼女の腕を後ろから押さえた。

「僕は小学生ですけど、やろうと思えば人を殺せます。さっきあなたは、『史上最多の殺人鬼として歴史に名を残してみたい』って言っていましたけど、そんなの運がよければ誰でもできます。誰でもできることに憧れるなんて、かなりダサいですよ」

誠は、父親が暴力をふるう姿を見続けてきた。母親からは虐待されていた。修羅場を経験している少年の口から出た言葉には、えも言われぬ迫力があった。

長谷川はゆっくり立ち上がり、麗華の目を見据えて真実を告げた。

「石川先生が自殺した原因は、いじめ問題だけじゃなかった」

「どういうこと……」

麗華の声は震え、動揺を隠せないでいた。

「石川先生と琴音さんは、互いを思い合っていた。その感情は教師と生徒の間にあるものから、愛情へと変わっていった。けれど、石川先生は分別のある教師だった。だから、琴音さんの気持ちを落ち着かせるために、冷たく突き放してしまったんだ」

想像もしていなかったのか、麗華の表情が凍りついた。

「まさか……」

「石川先生がいたから、琴音さんは過酷ないじめに耐えてこられた。けれど、好きな人から冷たくされ、希望を失ってしまったために命を絶ってしまったんだ。石川先生は、自分の行為が彼女を傷つけたとわかっていた。だから、彼女と同じ道をたどったんだと思う」

「嘘……どうして……あのときに教えてくれなかったのよ！」

里加子は優しい声で諭すように言った。

「当時、新堂君だけは、生徒に真実を伝えましょうと言ったんだけど、教育委員会や学校側から教師と生徒の恋愛については公言しないでほしいと頼まれたの」

里加子は、倒れそうになる麗華を抱きしめるように支えた。だらりと下がった細い腕には、刃物で傷つけたような傷痕がいくつも残っている。

里加子は、麗華の髪を優しく撫でた。

「お母さんやお兄さんのことで、今までつらい思いをしてきたんだよね。これからゆっくり話を聞くから、苦しかった気持ちをすべて話してほしい」

麗華の顔は歪み、まるで赤ん坊のように声を上げて泣き出した。里加子の胸に顔を埋めて泣く姿は、あまりにも切ない光景だった。彼女はまだ十六歳なのだということが改めて思い出された。

国木田は、スマートフォンをこちらに向けてから言った。

「誰かが動画サイトに投稿したものだ」

三十名ほどいる少年少女が、江戸川児童保護署の前に集合している。彼らはプラカードを掲げ、なにか叫んでいた。プラカードには、『新堂児童救命士、ありがとう！　僕たちはあなたに救われた』と書いてある。集団の最前列には、涼太と親友の孝之介がいた。子どもたちは胸を張り、凛々しい表情をしている。

彼らはインターネット上で復讐するのではなく、応援することで新堂を救おうとしたのだ。

他にも同じような動画がいくつも投稿されていた。きっと、通行人たちが撮影したのだろう。

新堂は動画を見終わると、黙したまま立ち上がり、外に向かって歩き出した。負傷した右足を引きずるようにして歩いて行く。

長谷川は、すぐにあとを追い駆けた。外に出た瞬間、燃えるような夕日が目に飛び込んでくる。細長い雲が赤紫色に染められていた。幻想的な絵画を観ているような、息を呑むほど美しい光景だった。

夕日に照らされた新堂の背中に、できるだけ明るい声で話しかけた。

「国木田さんが武術に長けているのは知っていましたが、まさか次長があんなにも強いなんて驚きました」

新堂は立ちどまると、緩慢な動きで振り返った。

「次長はああ見えて、大学時代はボクシング部だ。お前は……どうしてひとりで来たんだ」

「新堂さんが書いたと思ったから、メールを信じてしまいました。もしも、僕がひとりで来なかった場合、麗華はどうするつもりだったんですか」

「俺は車のトランクに入れられていた。素知らぬ顔でシャッターを開けて、車で逃げるつもりだったんだろう」

「この建物は、不動産業を営んでいる父親の物件ですか」

「そうだ。文化祭で大きな貼り絵を作るから、空いている物件を貸してほしいと父親に頼み、売りに出されている倉庫を借りたようだ」

どうしてだろう。会話を終わらせたくない。話が途切れてしまえば、新堂がいなくなってしまうような奇妙な感覚に囚われた。

「誠君から聞きました。案件が終了してからも、担当した子どもたちの様子を見に行っていたんですね。誠君のお母さんの症状は……」

「心配するな。須藤誠の母親は、目も見えているし、しっかり歩いて病院に通っていた。柳原麗華を騙すために嘘をついたんだろう」

「誠君が、麗華の共犯者ではないとわかっていたんですか」

新堂は「わからなかった」とかぶりを振った。「だから、なぜ母親の症状を偽るのか、利き手は右のはずなのに、なぜ左手でナイフを受け取ったのか、その理由を考え続けていた。お前は、なぜ須藤誠が共犯者ではないと気づいた？」

「手話です」

「手話？」新堂は眉根を寄せた。

「保護施設に行ったとき、誠君と『刑事の誓い』という映画の話をしたんです。緘黙症の少年が、ラストシーンで刑事に『嘘』という手話をする場面がありました」

ナイフを手にした誠は、「児童救命士なんて大嫌いだ。役に立たないから」、そう言ってから、映画と同じように手話で「嘘」と伝えてきた。

新堂は、なぜか誇らしそうな顔で言った。

「ネモフィラの花言葉には『あなたを許します』という意味がある。児童救命士は誰かを罰するのではなく、みんなが自分らしく、安全に生きられる世の中になることを望んでいる」

どうして――拓海に伝えた言葉を知っているのだろう。

「国木田からメールが送られて来た。『あいつはいい児童救命士になった』、そう書いてあった」

新堂は優しい笑みを浮かべたあと、静かに天を振り仰いだ。

その姿を目にした瞬間、胸が押し潰されそうなほど痛んだ。

振り返れば、新堂はいつも空を見上げていた。苦しみの最中、希望を見いだせたとき、絶望を目にした日……きっと、幾度も、幾度も語りかけてきたのだ。

児童救命士ではなく、ひとりの兄として——。

この先、子どもをどれだけ救っても、弟を助けられなかった後悔は消せないだろう。強い想いが心の底から込み上げてくる。過去の世界に行けるなら、兄弟の小さな手を握りしめ、劣悪な環境から連れ出し、命を守り抜きたかった。

四月から世田谷児童保護署への異動命令が出た。もう二度とパートナーになることはないかもしれない。だからなのか、新堂の言葉が鮮やかに胸によみがえってくる。

——本気で誰かを救済したいなら、自分自身も傷つく覚悟が必要だ。救えなかったとき、己も絶望の底なし沼に引きずり込まれるからだ。それほど人を救うということは難しい。それでも覚悟を持って進むなら、俺もお前と一緒に地獄に行ってやる。

気づけば、いつも心に寄り添ってくれた。けれど、いま伝えたい想いは仕事での感謝ではない。

長谷川は、歩き出した新堂の背に向かって叫んだ。

「新堂さん！」

彼が言い続けてきた言葉が、確信を持って胸に強く迫ってくる。「あなたが大人になるまで生きていてくれてよかった。僕は心から……」

新堂は歩みをとめ、顔を伏せた。肩が小刻みに震えている。

心に刻みたい。重い罪を背負いながらも前を向き、子どもたちを救おうとする児童救命士の姿を――。

見慣れているはずの背中が、やけに眩しく見えた。あたたかい茜色の光が胸に染み込んでくる。いつか道に迷ったとき、この光は足元を照らし、行くべき道を教えてくれる気がした。

静寂に包まれた救命部。ドアの上部にある回転灯は、焦燥感を煽るように真っ赤な光を放っている。張り詰めた緊張感が漂う中、出動命令が響いた。

――通信指令センターより、世田谷児童保護署へ緊急出動命令です。

長谷川は、誰よりも早く立ち上がった。不敵な笑みを浮かべ、ドアを真っ直ぐ見据える。

呼吸を整えろ。緊張感に支配されるな。一心に耳を澄まし、痛みを重ねた子どもたちの心の声を聞け。陽が沈むことを恐れはしない。たとえ闇に呑まれても、次は星が輝き始める。どこかに必ず光はあるはずだ。

信じろ。子どもたちは苦しみを乗り越える力を持っている。再生する力がないときは、何度でも助けに行く。立ち上がれるまで繋いだ手を決して放さない。

廊下を駆ける両足は、もう震えることはないだろう。
ライフバンドのサイレンは、暗闇の中に鳴り響く希望の音――。
子どもたちの「生きたい」という叫び声なのだ。